CHUVA DE PAPEL

MARTHA BATALHA

Chuva de papel

2ª reimpressão

Copyright © 2023 by Martha Batalha

Grafia atualizada segundo o Acordo Ortográfico da Língua Portuguesa de 1990, que entrou em vigor no Brasil em 2009.

Capa
Elisa von Randow

Foto de capa
Tortoon/ Shutterstock

Todos os esforços foram feitos para reconhecer os direitos autorais da imagem. A editora agradece qualquer informação relativa à autoria, titularidade e/ou outros dados, se comprometendo a incluí-los em edições futuras.

Foto da p. 223
DR/ Foto do livro *O rosto do povo*, organizado por Marcia Chagas Freitas. Rio de Janeiro: Léo Christiano Editorial, 1986

Preparação
Márcia Copola

Revisão
Angela das Neves
Ingrid Romão

Os personagens e as situações desta obra são reais apenas no universo da ficção; não se referem a pessoas e fatos concretos, e não emitem opinião sobre eles.

Dados Internacionais de Catalogação na Publicação (CIP)
(Câmara Brasileira do Livro, SP, Brasil)

Batalha, Martha
    Chuva de papel / Martha Batalha. — 1ª ed. — São Paulo : Companhia das Letras, 2023.

    ISBN 978-65-5921-500-3

    1. Romance brasileiro I. Título.

22-138649 CDD-B869.3

Índice para catálogo sistemático:
1. Romance : Literatura brasileira B869.3

Henrique Ribeiro Soares – Bibliotecário – CRB-8/9314

Todos os direitos desta edição reservados à
EDITORA SCHWARCZ S.A.
Rua Bandeira Paulista, 702, cj. 32
04532-002 — São Paulo — SP
Telefone: (11) 3707-3500
www.companhiadasletras.com.br
www.blogdacompanhia.com.br
facebook.com/companhiadasletras
instagram.com/companhiadasletras
twitter.com/cialetras

PRIMEIRA PARTE

1.

Quando Joel caminha por Copacabana, tem o hábito de olhar para cima avaliando de onde poderia se jogar. Os melhores prédios são os antigos, sem janelas lacradas de vidro fumê e longe das vias principais. Ele conhece a expressão dos passantes em torno de um morto e não quer assustar os outros. O aposentado sai para comprar leite, depara com um cadáver e aquilo lhe estraga o dia ou o resto da vida. E também, quanto menos gente na rua, menor a chance de cair sobre um azarado. Era possível, ele conhece casos, a mulher abandonada caindo em cima de um pai de família. Fim de um sofrimento e início de três, a viúva em choque, os meninos explicando aos colegas o pai amassado na Rio Branco. Hora de almoço de um dia de semana, montão de gente passando, alguém ela ia atingir.

Coberturas também são atraentes, e isso ele sabe pelas festas de réveillon em que esteve a trabalho, de anfitriões empenhados em ocupar os salões e varandas com os convidados certos. Um economista consagrado, um poeta marginal, um ex-ministro, os empresários, as socialites, os artistas. Em festas assim garçons perseguiam mãos com copos vazios, repondo doses de álcool. A generosidade se estendia a ele, o repórter deslocado e malvestido, que por princípios bem mais sólidos do que manter a linha jamais negou um destilado europeu. Afastava-se dos outros e se debruçava no parapeito, a grade fria tocando os antebraços. O cenário era arrebatador. A vista noturna das festas da elite exibia invariavelmente alguma combinação de Pão de Açúcar/Corcovado/praia/Aterro/Lagoa/Dois Irmãos. Joel olhava para baixo e as pedras portuguesas pareciam chamar, dizendo-lhe como era fácil.

Ninguém estaria esperando por ele em casa. Ele não tem uma casa. Depois do último despejo havia alugado um quarto na Lapa. Toda manhã ele acorda antes das oito, se veste e deixa a pensão como se ainda fosse aguardado no jornal. Percorre a cidade a pé, espera qualquer ônibus num ponto, sobe e salta no fim da linha, senta-se num banco de praça ou de igreja, apoia os cotovelos no balcão da lanchonete enquanto come um salgado. De noite ele se deita encolhido, travesseiro tapando o ouvido quando no quarto ao lado o casal geme ou briga. Ele sabe como é, e não sente falta. Quando acredita em Deus é para falar sobre a morte. Ô meu Rei, ele diz. Essa eu que vou escolher.

Joel se jogaria de um prédio em Copacabana. Morte instantânea e indolor, sem o preâmbulo de um abraço, despedida, agonia ou herança lavrada em cartório; mesmo porque ele só é dono de um abajur.

E tinha que ser em Copacabana, onde a tragédia de um suicídio é abafada pelos excessos do bairro. Partos e outras mortes, aneurismas e enfartes, diagnósticos de câncer, tratamentos de canal, médiuns recebendo santos, pastores exorcizando fiéis, assaltos, golpes e furtos, brigas e tréguas, traições e primeiros amores, o engarrafamento perpétuo, os camelôs nas calçadas, as mães com bebês esmolando na porta dos mercados, os meninos de rua vendendo chiclete, pessoas se tratando e outras enlouquecendo, enquanto a poucas quadras ou metros estudantes fazem dever, as empregadas fritam os bifes, as manicures aplicam o esmalte, as prostitutas dizem o preço, os marombeiros se apreciam nos espelhos, os turistas compram camisetas e as senhoras tricotam mais um sapatinho que ninguém vai usar.

O prédio escolhido por Joel fica na rua Santa Clara. No hall de cada andar uma ampla janela basculante sempre aberta auxilia a circulação de ar. Na portaria, ele diz ter consulta com o doutor Perdigão. Está na fila do elevador quando o telefone vibra no bolso da calça. Desconhece o número. Eliane agora estava com essa mania, de ligar do celular da vizinha só para ele atender e ela cobrar a mensalidade do curso dos netos. Dois marmanjos imprestáveis, corcundas de tanto olhar telefone e jogar videogame. Na idade dos dois ele já tinha casado, traído e enviuvado, já tinha sido processado e ameaçado, tinha entrado em não sei quantas brigas e sido multado não sei quantas vezes, e ia longe nas prestações do apartamento do Méier. Mas seria indiferente atender nesse momento. Ele é um homem prestes a morrer, e se sua ex-mulher quisesse continuar as cobranças precisaria bater boca com um caixão no Caju.

— Alô?

— Joel?

— Eliane, meu amor.

— É Beatriz.

— Beatriz. Como está o garoto?

— O garoto se chama Marceu e é seu filho.

— Como está o garoto, Beatriz.

— Ha! Como se fosse do seu interesse. Da última vez que você prometeu vir, Marceu disse para os amigos que ia passar o dia com o pai. Dava dó, ver o menino sentado no sofá esperando o interfone tocar.

— Eu tive uma emergência.

— Já inventaram o telefone.

— O que você quer, Beatriz.

— Marceu me pediu para estudar piano. Comprei um teclado de segunda mão, mas fica puxado pagar sozinha pelas aulas.

— Vou ver o que posso fazer.

— Se você não fizer nada seu filho não vai aprender.

— Vou ver o que posso fazer.

— Marceu leva jeito. Quer ser pianista.

— Beatriz, eu deveria ter sido um marido melhor.

— Você está bêbado?

— E um pai melhor. Ou pelo menos um ex-marido melhor.

— É esse o seu problema, Joel. Você só tem consciência quando bebe. E depois do porre se esquece.

— Preciso desligar. Tenho uma entrevista, estou entrando no elevador.

— Quem foi o doido que te contratou?

— A ligação vai cortar. Mande um beijo para o garoto.

— Não faz entrevista bêbado, Joel. Vão te demitir de novo.

Joel coloca o telefone no bolso e entra no elevador. O cubículo está cheio, saturado por um cheiro humano e denso de suor e perfume. Toca a carteira de identidade, pendendo de um cordão no pescoço. Ainda lhe resta um carinho pela carcaça, ele não quer ser um cadáver de indigente como os tantos vistos, costurado no meio como fecho ecler e morando em gaveta do IML.

É o único a sair no décimo andar. O hall é antigo, com chão de pastilhas brancas e encardidas, extintor de incêndio na parede e uma lata de lixo cilíndrica entre as duas portas de elevador. Segue até a janela basculante.

Ele é um velho com bolsas sob os olhos, barba por fazer, cabelos sebosos em desalinho, calça jeans surrada e camisa polo com a gola esgarçada. Nos pés, mocassins de couro fosco e sola furada. Fecha os olhos.

Em raras ocasiões, Joel havia usado terno e gravata, e uma vez um smoking. Mas nunca se sentiu num momento tão solene quanto aquele, mesmo estando mal-ajambrado, junto a um extintor de incêndio e uma lata de lixo com areia embolotada por chiclete e escarro, no hall decadente de um prédio obscuro de Copacabana. Ele merece a pausa como a última homenagem, o preâmbulo de um velório particular.

É quando ouve um batuque, depois outro e mais outro. Joel abre os olhos. Nos prédios do outro lado da Santa Clara os moradores aparecem nas janelas com colheres de pau e panelas. Ele ouve apitos, cornetas, gritos contra o presidente. O barulho também vem do prédio em que está. Nas salas comerciais, as pessoas batem marmitas, grampeadores, o que estivesse à mão.

Em Copacabana há mais moradores que janelas. E as pessoas começam a sair das salas comerciais e dos apartamentos para se manifestar pelo basculante.

— Quer uma panela, colega? — um homem oferece.

Joel não quer uma panela.

Agora o barulho é infernal. Os prédios colados da Santa Clara contêm o som e reverberam o panelaço. Joel precisa agir antes que se arrependa da melhor decisão que tomou. Desce pelas escadas até o hall do nono andar, onde também protestam pelo basculante. Oitavo, sétimo, sexto andar, ele abre a porta de emergência e vê as costas de gente gritando.

O hall do quarto andar está vazio.

Joel anda seguro até o basculante e levanta a perna num impulso, mas a perna é curta e não chega até o vão. Ele fica na ponta do pé e insiste, de novo e de novo. Deveria ter trazido um banquinho. Tenta outra vez, e percebe a calça jeans restringindo o movimento. Ele tira os mocassins e a calça com raiva, usa a raiva no alçar da perna. O pé se prende como âncora na moldura do basculante. Escorrega a perna para o outro lado e apoia as mãos na base de metal. Seca o suor da testa, retoma o fôlego, maldiz pela milésima e última vez o calor do Rio.

Agora a outra perna. Ele apoia o peso do corpo nos braços, se espreme e contorce, até o pé alcançar o vão. A perna desliza para o outro lado. Agora vai. Joel se prepara para cair. Meio corpo para dentro do prédio e de frente para o corredor, costas para o panelaço na Santa Clara.

Um alívio ir embora desse mundo. Melhor decisão que havia tomado, prestes a se realizar. Ele está convencido. É uma boa decisão. A melhor. É só não pensar, na melhor decisão. Joel respira fundo, fecha os olhos e solta os braços.

Nada acontece. Ele está entalado. Pernas nuas para fora do prédio, barriga presa no basculante.

Se não fosse por um câncer de pulmão, Joel sempre teve certeza de que morreria com as artérias entupidas de gordura, e agora ele está ali, impedido de morrer por causa da gordura.

Joel encolhe a barriga. A mulher da quitinete ao lado grita. Mais pessoas gritam. Algumas gritam, "Pula", outras gritam, "Não pula". Nova corrente grita, "É tarado!". O rosto barbeado de um pastor evangélico aparece no basculante do andar de cima.

— Irmão, se arrependa!

Joel encolhe ainda mais a barriga. Começa a escorregar, distraído por um sentimento final de vaidade, a satisfação por não estar tão gordo. Eis uma vantagem de ter voltado a fumar.

Nos anos 1990, uma tosse com pigarro e uma esposa empenhada em celebrar bodas de prata alijaram Joel dos Marlboros. Em vez dos cigarros, ele passou a guardar no bolso direito da camisa o saquinho de biscoitos amanteigados vendidos por Carmen, a secretária da redação. Engordou vinte quilos em seis meses. Na época ele dirigia um Puma, e no dia em que afastou pela terceira vez o encosto do assento para encaixar a barriga junto ao volante os pés não alcançaram os pedais. Às favas com os biscoitos amanteigados. Separou-se da mulher, voltou a fumar e consome desde então meio maço de cigarros diário como contraponto à comida de botequim.

Um homem aparece no hall. "Segura que tá caindo!", diz uma mulher por trás. O homem corre até o basculante e agarra a mão de Joel.

Esse contato com outro corpo ele não esperava. O calor da mão, a textura da pele, a obstinação com que o outro homem o agarra para mantê-lo no mundo que conhecem. O instinto e o esforço para preservar a vida. Joel se surpreende, ao sentir a própria mão se agarrar ao pulso do estranho.

— Arrependa-se! — grita o pastor.

— Alvorada, lá no morro, que beleza. Ninguém chora, não há tristeza. Ninguém sente dissabor...

— Tá cantando! O tarado canta!

— Irmão, você é amado! Arrependa-se!

— O sol colorindo é tão lindo, é tão lindo...

— Vai cair!

— Tá caindo!

— E a natureza sorrindo, tingindo, tingindo. Alvorada...

O corpo escorrega, as mãos se desprendem, Joel está só e no ar. Ele tenta repetir as estrofes e cair sem pensar, mas é impossível. Dizem que a vida inteira retorna antes da morte, e ele descobre ser verdade. Nos longos segundos da queda Joel escreve mentalmente o próprio obituário.

2.

Faleceu, no dia 18 de fevereiro de 2020, o lendário repórter carioca Joel Nascimento. Um homem inteligente, corajoso e leal, de braços ainda musculosos no brando outono de seus muitos anos, vastos cabelos brancos e olhos que contra o sol pareciam claros. Joel deixará saudades eternas em familiares, vizinhos e amigos. Ele parte com a infinita admiração dos colegas de ofício, expoentes das gerações de repórteres que ajudou a formar. Esse homem de porte elegante, vestuário discreto e adereços marcantes — correntinha de santo Expedito e relógio de camelô — era para os entendedores do Rio a mais importante testemunha factual e sentimental da cidade.

Joel começou a trabalhar nas redações ainda imberbe e nelas permaneceu por quase sessenta anos. Não se sabe, na história do jornalismo brasileiro, de outro repórter capaz de se manter tanto tempo na ativa. Ele sobreviveu aos recorrentes cortes de pessoal, ele trabalhou sem hora para chegar em casa, nos dias de semana, aos sábados e domingos, nas noites de Natal e primeiro dia do ano.

Joel era único. O Dom Quixote da praça Onze, o Super-Homem de Água Santa, que até pouco tempo chegava no jornal às oito da manhã com bolinhos de chuva para os colegas, comprados a uma amiga doceira na Lapa. Ele contou que Jacinta era cozinheira em casa de família. Fazia doce de leite para os filhos do embaixador alemão. O embaixador retornou a Berlim, Jacinta não sabia o que era diabetes. Depois da perna amputada ela frita os bolinhos de muletas e vende de um tabuleiro equilibrado num parapeito da Mem de Sá. Joel era assim. Capaz de dar a um bolinho massudo o gosto singular de um passado intricado.

Lembrar de Joel é lembrar do Rio. Mas não apenas do Rio bucólico, elegante e charmoso, que pelo ângulo superior e remoto de um mirante parece desfrutar de um profundo sono de beleza, estendendo-se deslumbrante e imperturbável das montanhas cobertas pelo verde-escuro da mata densa às águas tranquilas do Atlântico. O Rio de Joel era o outro. A cidade marginal, documentada por ele nas páginas dos jornais cariocas.

Houve um tempo, não tão distante, em que havia no Rio uma banca em cada esquina, protegida do sol pela sombra de uma amendoeira ou de uma árvore de fruta-pão. Na lateral das bancas, jornais enfileirados estampavam manchetes que pareciam gritar:

Rolou no abismo o infeliz!

Menino acorrentado no quintal como fera!

Estava na zona de meretrício a débil mental que fugiu!

Leão canibal ataca Santa Cruz!

Joel estava por trás das manchetes. Num grande salão cheirando a cigarro, sentado na cadeira dura de frente para a mesa de madeira, datilografando na máquina Remington, e depois no teclado tão leve dos computadores. Por trás da escrita era Joel novamente, caneta e bloco na mão, de frente para o corpo sujo de terra, as marcas de corrente nos braços do menino, a moça chorosa no baby-doll, o leão. Joel percorria um ponto a outro da notícia num dia de trabalho. Era como a isca num anzol. Jogava-se longe, voltava com a história para os leitores.

Tudo começou numa manhã de outubro de 1963, quando soldadinhos de chumbo se camuflaram sob o fumo para percorrer o chão de tacos até a trincheira de dominós. Nem uma pitada sobrou para encher o cachimbo após o almoço. O dono do fumo e pai de Joel — Renê Rubirosa, jóquei no passado, manco e apontador do jogo do bicho no presente — usou a frustração de trabalhar numa carteira escolar sob uma marquise no Beco do Rato para espancar o filho em nome da educação.

Chegou com o menino cheio de mancha roxa na redação do jornal *Luta Democrática*.

— Vocês continuam daqui. — Como se o filho fosse uma estrada esburacada a se evitar. Cristiano Mota, chefe de reportagem e conhecido de Renê do prostíbulo da rua Alice, continuou. Ofereceu a Joel o turno da noite ouvindo a rádio da polícia.

Nunca mais um soldadinho de chumbo lutou sobre o chão de tacos.

Manhãs: trocar a roupa da rua, colocar o uniforme escolar, caminhar pela Conde de Bonfim e subir as escadarias do Colégio São José. Tardes: dormir por seis horas no sofá-cama do quarto e sala. Noites: vestir a primeira calça de vinco e camisa de tergal, pegar o bonde até o Centro para ouvir no rádio a conversa dos policiais. Avisar o Farinha sobre o latrocínio em Caxias. Depenaram um turco, até os dentes de ouro levaram.

Às cinco da manhã ele voltava no bonde. Menino imberbe, topete marrom-escuro moldando o rosto bonito, pés balançando, mãos entre as pernas. Quase sempre sozinho no vagão. Joel acompanhava o sutil avanço da luz da manhã sobre as ruas e os prédios, comprazia-se com as calçadas livres, com os donos de padaria subindo as grades das lojas, os jornaleiros deixando junto às bancas de latão os pacotes das edições matinais, o frescor da madrugada e o silêncio do sono coletivo acentuando o barulho gostoso do bonde. Era a cidade ideal, exclusiva, antes da invasão de gente chegando de todos os lados.

Nessas madrugadas ele começou o controverso relacionamento com o Rio. A cidade feia e má dos relatos da rádio da polícia durante a noite tornava-se no percurso ao amanhecer encantadora e inofensiva.

Meio século depois, e pelo menos uma vez por mês, Joel saía da redação e deparava com estudantes na portaria do jornal querendo conversar. O velho cronista do mundo cão, íntimo das ações e reações nem sempre publicáveis dos perpetradores da ordem e do caos, o repórter derradeiro, arquivo do que há de mais hediondo e degradante na condição humana (e também do que há de mais nobre e bonito, e dos milagres), poria a mão no ombro de um deles, e com o olhar terno de um avô generoso diria:

— Aqui perto tem um boteco que serve garrafa suando de Brahma. Que dia é hoje, quinta? Na quinta eles têm o melhor mocotó do Centro.

Os estudantes sorririam, de um jeito que só quem viveu pouco consegue. O grupo andaria pelas calçadas estreitas e sujas contendo os passos, no ritmo do repórter.

— Tô lento por causa da idade — ele explicaria. — E pelos anos vivendo na base de ovo cozido e coxinha de botequim. E pelo cigarro — ele diria, tocando o maço no bolso da camisa. — Era Marlboro, já foi Hollywood, agora é essa porcaria mentolada.

Os estudantes escutariam com um exagero de atenção dispensado aos muito importantes. O oficial nazista, que ensinava matemática para as crianças da rua, se fez apicultor e vendia garrafas de mel em Petrópolis: Joel descobriu. O mafioso italiano, morador de um condomínio de luxo na Barra, frequentador da sauna e piscina, assíduo participante do bingo Melhor Idade: Joel. O torturador do governo Médici, feito adido cultural na embaixada do Brasil em Roma: Joel acabou com as férias do homem na Europa.

Havia muito mais, que os estudantes desconheciam. Histórias que passavam pela mente do velho repórter enquanto ele caminhava pelo Centro ou pegava um ônibus de um extremo ao outro do Rio. As esquinas e os prédios revelavam um conteúdo exclusivo e íntimo, como as notas de uma canção melancólica só ouvida por ele.

Minutos depois Joel estaria sentado num banquinho de plástico de frente para uma mesa bamba. "Aristides, meu irmão!", ele diria para o homem saindo de trás do balcão com os copos e o isopor com cerveja. Bares como aquele eram para Joel estações de transição entre a cidade e o suposto conforto doméstico. Nos bares ele falava. Só uma parte, para não ter fama de mentiroso. O que Joel se permitia contar consolidou-se num repertório. Ele começava com o caso do guarda-chuva, prosseguia com enchentes e desabamentos, a mulher que morava na árvore, o menino.

Seria conversa até o meio da madrugada, quando as prostitutas e travestis chegariam para encostar no balcão e pedir uma média antes de voltarem para casa, preenchendo o estreito boteco com seus perfumes e cheiros de trabalho, suor e sexo. Poderia aparecer a Marli ou a Sandra, e nesse caso a conversa seria interrompida para um abraço, as duas ralhando com Joel como se ele fosse criança. Ele tinha diabetes, o coração era fraco, já devia estar em casa descansando.

— Não se preocupe que Deus se esqueceu de me levar — ele diria.

— Não leva porque tu ainda tem essa cara de menino — diria a Marli, bagunçando os cabelos de Joel.

É verdade, os estudantes pensariam em descoberta. Joel não parece um homem endurecido, mas um menino triste.

Depois da primeira garrafa de cerveja, dos pratos de mocotó

já vazios e limpos com o pão, Joel pediria outra cerveja e acenderia um cigarro. Olharia para longe, voltaria para os estudantes.
— Já que vocês estão sem pauta eu vou começar pela primeira reportagem que me marcou. Eu era foca de um jornal chamado *Luta Democrática*. Já ouviram falar? Claro que não, quando ele faliu as mães de vocês ainda estavam na escola. O *Luta Democrática* era um jornal... peculiar. Melhor explicar assim: se os territórios jornalísticos fossem cortes de carne, o *Luta* ficaria com as tripas. O bife de mignon passado na manteiga, chegando fumegante e cheiroso na mesa do restaurante bacana, pertenceria aos outros jornais. O *Luta* reportava as tragédias, os outros jornais as outras notícias do Rio. Não do outro Rio, como alguns gostam de dizer. O mesmo Rio, que produz o bife de políticos prometendo algo e famosos revelando o trivial, e as tripas de estupro, assassinato, suicídio, acidente, por aí. Na época diziam que se alguém espremesse a edição do *Luta* sairia sangue. Eu digo que sairia sangue, lágrimas e suor de trabalhador.

"Essa história começa num entardecer de primavera no Rio. É quinta-feira, outubro de 1964. Na rua Uruguaiana, homens e mulheres transitam na elegância daqueles tempos. Garçons com smokings brancos aguardam nas portas dos restaurantes os fregueses para a hora da cervejinha. Os primeiros camelôs insistem no pague um leve dois. A cidade está nova, jovem, colorida e ocupada, calçadas pontuadas por papelarias, farmácias, lanchonetes, butiques e restaurantes, as elegantes portarias abertas de prédios altos com os consultórios médicos, os escritórios de advocacia e de contabilidade, as firmas de engenharia e de arquitetura. Ônibus, carros e táxis seguem morosos em direção à Rio Branco, pombos passam em revoada rumo ao largo da Carioca.

"Por ali vem um jovem bonito. Corpo de escultura grega, cabelos fartos, rosto lisinho. Esse rapaz era, ele era... eu era... um menino. Ele... eu ainda jogava bafo e futebol de botão. Eu carregava no bolso o sanduíche de queijo feito por minha mãe todos os dias para eu jantar..."

Nessa parte do obituário imaginado por Joel enquanto cai do prédio da Santa Clara ele se vê por completo. Ele vê o homem descrente se jogando e lembrando o menino que havia sido. O menino andando na Uruguaiana na ilusão de que o Rio era um ringue, heróis de um lado e vilões do outro. Vê também o repórter com maço de cigarros no bolso e correntinha no peito, sentado num banco de boteco, a mão direita segurando o copo de cerveja, os olhos atentos e simples dos ouvintes. Os olhos dele, intensos, saturados de uma história da qual faziam parte o boteco decadente e charmoso do Centro numa noite de semana, um suicídio na Santa Clara, a última caminhada da infância num entardecer na Uruguaiana. E se entristece, porque quando ele cair no chão um pedaço precioso do Rio também deixará de existir.

— Mas então, onde eu parei? — continuaria Joel. — Na rua Uruguaiana. Indo para a redação do *Luta* mas querendo pedir as contas. Rapaz, eu estava há mais de um ano ouvindo a rádio da polícia, transcrevendo horóscopo, comprando o café dos repórteres no bar do turco. Queria fazer reportagem, mas o chefe desconversava. Pensei: vou pedir demissão e peitar meu pai, estudar para ser eng...

3.

Calhou de haver uma Kombi estacionada em frente ao prédio da Santa Clara, e a combinação de quarto andar com capota encurtou o trajeto, transformando o suicídio de Joel num mero susto urbano, composto de uma plateia de batedores de panela aterrorizados, uma Kombi amassada e um velho seminu, levado inconsciente para o hospital. Joel abre os olhos no dia seguinte, para ver um antigo colega de redação e ser informado de que precisa pagar pelo conserto da Kombi.

— O rapaz ainda estava pagando as prestações — diz Leandro.

Prestações. Era só Joel voltar à consciência para ser lembrado, antes de qualquer gentileza, de que havia prestações. Desde o primeiro aumento de salário que as prestações se atrelaram ao contracheque como parasitas. Mesbla, Tele Rio, Ponto Frio, Casas Bahia, Joel havia contribuído para o apogeu de todas as cadeias de eletrodomésticos cariocas. Agora ele não só não tinha morrido, como teria que continuar pagando suas prestações, e pagar para os outros pagarem prestações.

— Ele vende laranja na feira com os irmãos.

Joel passeia os olhos pelo quarto, encontra uma dúzia de rosas na mesa.

— Mandaram coroa de flores...

— Um *buquê* de flores. A diretoria do jornal mandou. A perna quebrou em dois lugares, vai ficar três meses imobilizada. Você tem alta daqui a uns dias mas precisa morar com alguém. Tem ideia de onde possa ficar?

— Eu vou ter que fazer umas ligações.

Na outra cama do quarto um homem geme baixinho. Pelo corredor a enfermeira empurra um carrinho, as rodas já velhas cantando um pouco.

Leandro vai embora e Joel adormece. Acorda com os lamentos do homem na cama ao lado, cochila de novo e quando acorda já é noite. O companheiro de quarto está em silêncio e Joel se considera sozinho, de novo e como sempre. Ele deveria estar tomado por alguma forma de tristeza, mas o que sente é um cansaço imenso. Que não deixa de ser uma forma de tristeza. Ele tenta se movimentar. Dores emergem, a perna lateja. Joel levanta o braço que dói menos e passa os dedos na cordilheira de pontos na testa.

No dia seguinte o companheiro de quarto parece melhor. No terceiro dia ele não come e não fala. No almoço do quarto dia ele está novamente disposto. Busca os olhos de Joel, para revelar surpresa diante do tempero da sopa de ervilha. Joel não possui opinião sobre a sopa. Nessa tarde o homem pende a cabeça para a parede oposta a Joel, e entabula uma longa conversa com a Cleide que, Joel se inteira, tinha todo o direito de ter feito o curso de inglês. Nessa madrugada a empatia das enfermeiras se manifesta na ausência da visita para medir a pressão. É a noite em que o homem morre. Joel acompanha a luz do amanhecer iluminar o morto na cama ao lado. O milagre inverso, de um homem transformado em massa inerte, tendo por dentro sopa de ervilha, e tudo o que a Cleide não ouviu.

Joel acostumou-se com as visitas de Leandro. Ele passa no hospital todos os dias antes de ir para a redação.

— Liguei para a Eliane — Leandro diz nessa manhã. — Ela vem te visitar.

— Deve ser para me cobrar — diz Joel.

— Ela se preocupa com você.

Joel fecha os olhos e finge que cochila. Quando volta a abrir, Leandro não está.

De tarde trazem um homem inconsciente para a outra cama do quarto. A esposa chega em seguida. Analisa cada corte e hematoma de Joel. Vai embora ao anoitecer.

Pela manhã, várias pessoas entram no quarto e se arranjam em torno da cama do outro homem. Parece excursão.

— Tiraram uma pedra deste tamanho — sussurra a mulher. — Dava para usar em estilingue.

Joel sorri pela primeira vez em semanas. Os exageros no Rio se infiltram até nos sussurros, ele pensa.

De tarde a excursão se dissipa. Resta a mulher, que fecha a cortina entre as duas camas para assegurar a privacidade das frases ríspidas que proliferam nos casamentos. "Você nunca mais vai comer embutido, Lourival. Vai beber dois litros de água por dia. Nem que tenha que dormir de fraldão."

Joel sorri pela segunda vez. Ele tem a perna quebrada, três costelas partidas, dezoito pontos na testa e inúmeras escoriações. Visitas só de Leandro, o estagiário feito repórter e chefe que ele ajudou a formar. O companheiro de quarto tem rins desimpedidos e companhia. E no entanto na outra cama estava tudo o que ele não queria ser: um homem que havia se sacrificado pelas décadas marcadas no rosto para pagar por um apartamento onde evitava a própria mulher. Que viveria os últimos e mais difíceis anos junto a alguém empenhado em torná-los piores. Investimento de vida inteira numa velhice tranquila, e no entanto quando o momento chegava o retorno era grosseria, dieta e fraldão.

Era por essas e outras que quando Joel ainda tinha planos de envelhecer queria contratar uma cuidadora. Como essa enfermeira novinha que entra no quarto a cada dois dias com o medidor de pressão. Ela às vezes aceita um elogio e devolve um meio-sorriso.

— Por que eu tenho que envelhecer do lado de uma mulher pelancuda e mal-humorada, com dentadura no copo de geleia? — ele dizia para os amigos no chope da terça no Amarelinho. — Alguém que fique me atazanando por causa do colesterol? Não bebe, Joel, não come, Joel, sai daqui, Joel, vem aqui, Joel. Eu só teria descanso na hora da novela. Quando eu ficar mais maduro, de ter que arrastar os pés pela casa e precisar que me botem os sapatos, vou ter uma cuidadora. Carnes no lugar, perfume gostoso, tempero bom. Vai saber fazer os pratos certos para evitar minha azia e essa condição recente, de gases noturnos. Depois do jantar vai sentar do meu lado para a gente ver o jornal. Não vai ficar de frescura se eu precisar descansar a mão na coxa dela. Vai dizer, "Quer algo mais, seu Joel?". De um jeito docinho. De vez em quando vou dar a ela um dinheirinho extra. Toma aqui, Katilene, pra você ir comprar um batom. Agora vem cá, me faz um carinho. Deus me livre de mulher velha. Olha uma ali, atravessando a Cinelândia. O corpo parece umas colheradas de purê de batata. Cabelo de palha de milho, olhinhos de ostra no rosto inchado. Enfezada. Essa aí viveu tão mal que não consegue desfazer o cenho.

Eliane não havia aparecido ou ligado. As flores que a diretoria enviou estavam murchas.

No final da primeira semana de internação o celular vibra na mesinha.

— Joel?

— Eliane!

— É Beatriz, Joel.

— Beatriz! Meu amor, eu estava mesmo precisando falar com você. Como está o garoto?

— O garoto se chama Marceu e é seu filho.

— Como está o garoto, Beatriz.

— Você vai poder pagar pelas aulas de piano?

— Eu estou passando por uma fase difícil.

— Você está sempre passando por uma fase difícil.

— Você já conseguiu alugar o quarto?

— E como você acha que eu consegui comprar o teclado? Está alugado para um estudante com família em Cachoeiro de Itapemirim. Por quê?

— É para um amigo que está precisando. Aliás, seu amigo também. Eu tive uma emergência.

— Você tem sempre uma emergência.

— Leandro te ligou?

— Ele disse que você tinha se machucado. Ouvi mal a mensagem, estava voltando do trabalho, o ônibus batia pino. Melhorou?

— Mais ou menos. Eu estava pensando que esse quarto…

— Aqui você não passa da portaria.

— Eu nunca te machuquei, Beatriz.

— Porque é ruim de mira e o vaso bateu na parede. Pelo menos a aula de piano, Joel. Vê se consegue pagar para o seu filho.

Na manhã seguinte o médico informa Joel sobre a alta dali a dois dias. Leandro está sentado na cadeira junto à cama, e é para ele que o médico dá as instruções para as próximas semanas, a lista dos remédios, recomendação de acompanhamento psicológico e fisioterapia. Joel reclama de dor, só para receber outro analgésico e dormir. Quando acorda Leandro se foi e a mulher do companheiro de quarto sorri ao lado da cama, buquê de flores nas mãos. Ele sorri de volta. Calor humano, ele havia encontrado muitas vezes e onde menos esperava.

— Posso usar a mesa de rodinhas? — ela pergunta. — Chegaram mais estas flores para meu marido.

Seis crianças rodeiam a cama do outro paciente. Ele parece feliz.

Falta um dia para a alta. Joel nunca mais viu a enfermeira novinha, que segundo a outra enfermeira pediu para trocar de paciente. Ela não estava ali para trabalhar muito, ganhar pouco e ouvir conversa mole de velho safado. A outra enfermeira despejou a notícia como bofetada, sem nenhum afago linguístico que abrandasse o abandono. Ah, ele conhecia o tipo. Dessas que se consideram emancipadas. A gente conversa daqui a uns anos, benzinho, quando você estiver com filho, comida no fogo, trabalho integral e marido exigindo aplauso mediante lavagem de um copo.

Depois das seis o companheiro de quarto se deixa levar pelos capítulos da novela. Joel observa o homem rodeado por flores iluminado pela luz da TV, e sente raiva por sentir inveja. Ele não quer a mulher amarga ou o passado morno do outro. Não quer a distração rasa das cenas, as casas falsas e os romances patéticos. Mas um colchão moldado pelo corpo e a conta no banco, aí era outra conversa.

Morto dispensa economias, e como Joel tinha data para se tornar cadáver ele aproveitou os benefícios da precondição enquanto tinha apetite. Almoçou filé e jantou bacalhau. Repetiu até o fastio a típica refeição de fim de noite dos repórteres cariocas, o cabrito com arroz de brócolis servido no restaurante Capela. Da mesa do canto ele pousava os talheres no prato e observava garçons e fregueses, estendendo a refeição até a gordura do cabrito embranquecer sob o intenso frio do ar condicionado.

O mundo dele se dissipava, e deixava Joel para trás. Garçom avisando que iam fechar, Joel voltava a si e apalpava os bolsos.

Num domingo à tarde ele fez a barba, respingou o perfume Paco Rabanne e passou incólume pelos seguranças do Copacabana Palace. Sentou-se no bar da pérgula e pediu um uísque duplo. Bebericou distraindo-se com a estética irrepreensível dos muito ricos, a beleza de rosto descansado que se tornava genética ao se perpetuar em gerações bem-nascidas.

Bancou os dias de fartura com três cartões de crédito, faturas não pagas chegando no quarto cujo aluguel devia. A conta no banco enveredou pelos números negativos. Na noite anterior à queda na Santa Clara, Joel passou no caixa eletrônico com mais curiosidade que esperança. Digitou a senha, a máquina reagiu com o farfalhar satisfatório do contar de cédulas. Pela portinhola saíram dez notas de cinquenta.

Que prazer inesperado, o dessa última noite escura de lua nova na Lapa, ao aceitar a generosa oferta do caixa eletrônico e guardar no bolso o denso volume de notas. Sempre achou que se o bolso estivesse pesado ele era rico. Prosperidade era dizer, "Ô parceiro, traz a conta", mal olhar os números na página rasgada do bloco, tirar um maço do bolso e deixar na mesa o valor dobrado.

Se ele fosse contador, advogado, carteiro, talvez o dinheiro assentasse no banco, extratos com imperceptíveis aumentos a cada mês de labuta. Mas a matéria dos repórteres de polícia era a impermanência. Numa hora as pessoas eram, na seguinte deixavam de ser. Numa hora seguiam pelo caminho sólido moldado por família, trabalho e saúde, na seguinte lidavam com o absurdo e o acaso.

Nas manchetes de jornal as mortes eram vendidas como exceção. Era na verdade o oposto. Elas descreviam o inevitável, o que cedo ou tarde aconteceria aos leitores. Qualquer pessoa tinha vocação para notícia, nem que fosse para preencher o obituário. O extraordinário não era o fim, mas o cotidiano.

Por isso ele apreciava o concreto. Maço de notas no bolso da calça. Olhares tensos dos homens no balcão do botequim para a televisão pequenina. Juninho passando pela direita e driblando para o gol do Vasco. Dose de Steinhäger depois da quarta cerveja. Bêbado, Joel se tornava sábio e associava a comunhão dos desconhecidos no botequim ao ofício de burocrata metafísico. Bêbado, ele se via como um mero escrevinhador, funcionário público da existência, registrando a previsível e ininterrupta decadência humana. O milagre da existência acontecia no bar. Na redação era a burocracia.

Depois do último saque no caixa eletrônico Joel saiu pelo Centro distribuindo as notas novas para os mendigos. Achou muito gaiato ter sido chamado de santo mais que uma vez.

— Eu tenho uma tia — diz Leandro na manhã seguinte.

4.

Mala, caixa, abajur. Muletas. No carro de Leandro, Joel com tudo o que tinha indo morar de favor. Com a tia de um amigo. Era para ele aceitar com a indiferença dos que desistem do mundo. Mas havia essa raiva, física. Ele quase podia mastigá-la.

Não fosse pela bondade dos outros ele estaria na rua. Ou num asilo público, deitado num colchão revestido de plástico. Outro velho ao lado, perguntando como Joel se chamava. Quarenta vezes. Apodrecendo num quarto cheirando a frieira e caspa, enfermeira sádica atrasando a refeição para a sopa chegar fria.

Leandro sorri. Retribua. Doeu?

Num dia a pessoa se comporta como imortal no Amarelinho, no outro é um aleijado indo morar de favor. Com a tia de alguém.

— Está calado, Joel.

— É mal-estar.

Num dia a pessoa tilinta as chaves da casa nova para a mulher, no outro não tem dois reais para o rapaz limpando à força o vidro do carro. Indo para a casa da tia de alguém.

Raiva assim ele nunca sentiu. Nem quando Beatriz abriu o batom e disse, "O que você tem por baixo, querido, é muito menor". Nem quando o general censurou as laudas sobre as famílias desnutridas. "Não existe miséria no Brasil", decretou, rasgando as páginas. Um mês de trabalho, visitando os casebres de papelão nas beiradas das favelas, as mulheres esquálidas, as crianças sem forças para se mexer, e tudo o que tinha visto para os outros se estragaria por dentro dele. Raiva assim ele nunca sentiu nem quando...

— Estamos quase lá.

Melhore esta cara. Cara de quem cheira cocô. Mas como é que vai ser, eu sendo visita no apartamento dos outros.

Ingrato. Pense no asilo público. No plástico grosso revestindo o colchão. Nos velhos banguelas, ruminando. Você, um deles, com estas bochechas gordas encovando por falta de trato.

O carro embica num prédio de pilotis na rua Itacuruçá. Uma senhora de vestido estampado de alças se levanta de um banquinho junto à mesa do porteiro, vai até o carro e abre a porta do carona.

Primeiro um rosto enrugado. Depois o cheiro doce de pele úmida, limpa e curtida por creme hidratante. Os olhos pequenos e escuros aparecem na altura da janela e se fixam em Leandro.

— Leandro, meu filho. Eu já estava pensando em acidente. Você marcou comigo às dez. Já vão dar onze horas.

Ela oferece a mão para Joel.

— Pode deixar que eu sei caminhar.

Joel apoia o corpo nos braços, mas os braços estão fracos e ele permanece no assento. Tenta outras vezes. Aceita a mão de Leandro. "Eu sei caminhar", repete, quando se põe de pé. Apoia-se nas muletas e levanta o queixo, disfarça a respiração ofegante. Evita olhar a mulher.

— Vão subindo enquanto eu pego a mala — diz Leandro.

E assim, às onze e quarenta e cinco da manhã de uma quinta-feira nublada do verão de 2020, num prédio de pastilhas amarelas e pilotis na Tijuca, Joel atravessa a portaria de mármore branco rumo a um antigo elevador de porta sanfonada dourada, avançando em passos inseguros para um resto de vida que ele não pediu ou planejou, e do qual pretende se livrar assim que puder.

Eles estão no elevador. Glória de braços cruzados, dedos batucando na carne, olhos cravados em Joel. Ele lê a plaquinha de metal com o limite de peso no elevador.

— Leandro me disse que você é escritor.

— Ele disse?

— Famoso. Eu também sou. Não famosa. Escritora. Vou publicar um livro para o ano. Pela editora Gonçalves. Conhece? Editora especializada. Estão esperando eu entregar o material.

A placa antiga cheirava a Brasso.

— Tiragem inicial de quinhentos exemplares. Se houver demanda eles podem imprimir mais. O rapazinho me explicou.

O elevador dá um tranco, Joel quase perde o equilíbrio.

— Vamos ver se ele chega até o primeiro andar — Glória diz olhando para cima. — Elevador velho, quebra uma vez por semana. Mês passado Aracy ficou presa. O técnico estava em outro serviço, pegou engarrafamento e demorou para chegar. Aracy desmaiou. Depois do assalto ela tem crise de pânico.

O elevador prossegue e para com outro tranco. O ruído estridente do atrito do metal acompanha a abertura da porta sanfonada.

— Dessa vez chegamos bem — ela diz.

Caminham por um corredor escuro. Ela abre a porta do primeiro apartamento à esquerda. Ali o cheiro de Glória é ainda mais forte, é quase como outro morador.

— Deixa eu te mostrar o quarto. É silencioso, dá para os

fundos do prédio. Só não é suíte porque, sabe como é. O prédio é da época em que eles só colocavam um banheiro por apartamento. Tem outro, de empregada, mas esse projetaram achando que mulher faz xixi em pé. É tão pequeno que fiz de armário, boto ali o material de limpeza. Tem quem use. A empregada da Lidiane, dois filhos ela criou no quartinho. Deviam dormir que nem prato, tudo empilhado.

Joel segue Glória até um quarto fresco e escurecido pela janela fechada com persianas de madeira. Colcha rosa de piquê sobre a cama de solteiro, guirlanda de rosas pintada no centro da cabeceira branca. Mesinha com puxadores dourados. Um único pôster velho e fosco, retrato preto e branco de uma menina. Cachinhos escuros, dentes de leite emoldurados por um sorriso. Grossa camada de tinta branca nas quatro portas do armário embutido. No centro do teto um lustre redondo e antigo, a lâmpada sob fileiras de pedrinhas de vidro.

— Entregue — diz Leandro, deixando mala e caixa no canto do quarto.

— Mas e a mudança? — Glória pergunta.

Leandro diz que trouxe tudo.

— Tudo? — Glória repetiu, de um jeito que deixa os pertences de Joel ainda menores.

— Eu tenho um abajur — diz Joel.

— Abajur todo mundo tem, ué. E os livros?

— Eu tenho uma caixa, com um dicionário, um jogo de gamão e uns papéis.

— Leandro, você disse que esse senhor era um jornalista. Premiado! Contei para a Aracy, disse a ela que um intelectual vinha morar comigo. Olha só quanto espaço eu arranjei — ela diz, abrindo as portas de um armário. — Dei uma porção de coisas para o brechó. Revistas em quadrinhos, as roupas da Cláudia quando era pequena. Passei terebintina nas estantes.

32

— Posso guardar meu dicionário — Joel diz.

— Nunca vi intelectual sem livro… — Glória diz.

Sozinho no quarto, ele vai de muletas até os pertences. Equilibra-se para pegar um abajur com base de estanho e cúpula rosa, anda de volta à cama e o coloca na mesinha de cabeceira. Toca a cúpula. A respiração se torna mais lenta, os ombros relaxam. O cheiro de Glória paira como perfume. Ele se deita com as mãos sobre o peito. Como deve ter sido bom, ele pensa, passar a infância num quarto assim. Em que cada detalhe é a prova de um cuidado. Ele olha o armário de portas brancas e imagina a menina que havia dormido na mesma cama. Deve estar pelo meio da vida. Ainda tem muito tempo, foi o último pensamento antes de dormir.

Acorda com uma batida na porta.

— Já vão dar duas da tarde. Quer que eu requente o almoço? — Glória pergunta.

— Estou sem fome.

— Mas um homem desse tamanho, como é que pode. Você não é decoração. Não está pintado na parede. Tem que comer.

— Estou sem fome.

Ele ouve os passos de Glória se afastando pelo corredor. Depois a voz dela, falando no telefone. O tom e a cadência das palavras distantes, o quarto escurecido pelas persianas fechadas, o conforto e frescor dos lençóis limpos fazem com que durma de novo.

É noite quando acorda. Na sala a TV está ligada. Joel se levanta devagar, movimentos contidos pelas dores no corpo. O médico disse que ele teve sorte, cair de uma altura daquela e sobreviver era um milagre. A típica sorte que lhe cabia, estender-se por tempo indefinido num lugar indesejado. Ele precisa ir ao banheiro, mas quer evitar Glória. Decidiu que era a disponibilidade tão comum às mulheres e a irritante insistência em agradar que o mantinha afastado. Equilibra-se nas muletas, abre com cuidado a porta do quarto. As luzes da TV iluminam o corredor. Anda o mais rápido possível até o banheiro e tranca a porta.

Acende a luz. É um banheiro antigo e pequeno, revestido por azulejos azuis com marcas escuras de vazamentos antigos em torno da pia. Sob a janela que dá para o pátio interno estende-se uma banheira coberta por uma prancha de compensado com dezenas de vidros de perfume e loções. Na quina, uma bonequinha vestida como baiana. Colares dourados, turbante e roupa branca rendada. O banheiro cheirava mais a Glória do que ela mesma, na mistura de talcos e fragrâncias novas e antigas, a alfazema, o eucalipto, o Leite de Rosas, o óleo de amêndoas, o talco Johnson.

A enfermeira havia sugerido que urinasse sentado. Não a nova, bonita e boazinha, que, ele entende, precisou deixá-lo mediante novas responsabilidades e foi embora sem se despedir. A outra. Mas Joel é homem. Ele apoia as muletas na parede e abre o zíper da calça. Quando está pronto, dá-se conta de que não tinha levantado o tampo do vaso. Ele se esforça e foca na água. Termina, levanta a calça e fecha o zíper com orgulho. Ele escuta um leve ranger. As muletas escorregam.

O coração se acelera. Não há nada que ele, mãos no zíper e peso do corpo na perna saudável, possa fazer. As muletas resvalam devagar, antecipando a maldade de um estrondo. O metal se choca contra o chão de ladrilhos brancos. Agora ela vem.

Mas o corredor permanece em silêncio. Joel se agacha e alonga para pegar as muletas, baixa o tampo do vaso para sentar. Volta a apoiar as muletas na parede. Descansa. Abre alguns frascos do compensado, leva-os até o nariz. De tão antigos alguns cremes já estavam sem cheiro. Levanta-se rumo ao gabinete.

Gabinete de banheiro, prateleira de geladeira e sapato. Dize-me como são e te direi quem és, ele pensa. Gilete com ferrugem, potes de creme, pomada Hipoglós muito velha e quase no fim.

Pasta e escova de dentes. Fio dental. Fecha o gabinete e volta a sentar no vaso.

Ele pensa em tomar um banho, mas não quer pedir uma toalha. É ridículo. Ele era capaz de se aproximar de qualquer pessoa nas piores situações. Quantas vezes ele não havia abordado uma viúva chorosa? Quantas vezes não foi ele a transformar a mulher em viúva chorosa? Meus sentimentos, minha senhora, seu marido foi baleado, atropelado, eliminado depois do sequestro, foi queimado por dentro de quatro pneus e virou betume, esfaqueado numa esquina em Sulacap. A mulher chorava nos braços de Joel. Quando levantava o rosto para respirar ele perguntava, "A senhora por acaso tem uma foto do falecido? É para a edição de amanhã. Uma três por quatro funciona".

Joel retorna ao quarto. Senta na cama, liga o abajur na tomada. Uma luz difusa sai pela cúpula rosa. Deita-se com as mãos sobre o peito. Levanta-se e sai do quarto, caminha até a sala.

Glória está na frente da TV. Imóvel, de olhos atentos e sobrancelhas levantadas, como se alguém estivesse constantemente lhe contando que o vizinho saiu nu para comprar pão.

Ele se ajeita na outra ponta do sofá.

— Vão tentar afogar a Soninha — ela diz.

— Essa loura com bolsa de praia?

— O próprio irmão, carne da carne, disse para ela ir velejar. — Glória coça o braço num movimento inconsciente. — Ô gente ruim.

— Por que ela está fazendo a mala tão depressa?

— Shhh. Último capítulo.

— Mas é muito carro de polícia para prender só um ladrão.

— Shhh.

Na cena seguinte Glória relaxa. É a primeira vez que Joel a vê sorrir. Não deveria ter sido feia, ele pensa, mas estava na idade em que o rosto da juventude poderia ser o de qualquer colega na foto de formatura exibida na estante, junto a um aviãozinho de metal. Rugas em torno dos olhos escuros e dos lábios afinados pelo tempo comprovavam a ineficácia dos cremes abandonados pela metade no banheiro azul. Tulipas alaranjadas subiam-lhe pela barriga, o estampado sem charme das roupas em liquidação. Unhas sem esmalte, costas das mãos com manchas de velhice. Dois vincos entre as sobrancelhas, a marca das aporrinhações. Mas que mulher no estágio de Glória foi capaz de passar incólume pelas decepções pessoais e sustos coletivos da caótica vida no Rio? Havia nas cariocas as marcas de uma tristeza coletiva, que elas tentavam dissimular — delas mesmas, talvez — com roupas estampadas e bijuterias enormes.

Ela desliga a TV.

— Jorge não morreu.

— Mas a novela acabou.

— Teve cremação? Teve enterro? Quando não tem é porque o personagem pode reaparecer. Eles fazem de propósito, para a gente continuar pensando na história. Os brasileiros têm uma porção de pessoas por dentro, vêm das novelas. É companhia, distrai. Você está com fome?

Joel meneia a cabeça.

Ela some na cozinha. Ah, os ruídos e aromas corretos, ele pensa. Os movimentos femininos que precedem uma boa refeição. Surge a canja na mesa posta.

— Leandro me contou — Glória diz, sentada de frente para Joel. — O que aconteceu. Fique tranquilo, ninguém no prédio vai saber. Se a gente deixa, o povo acompanha a nossa vida como se fosse extrato de banco. Mas para o síndico eu contei porque, sabe como é. O prédio é pequeno, ele pode desconfiar de ver um estranho sassaricando por aí, mesmo na sua idade. É meu primo, disse a ele. Operou a vesícula e tropeçou no hospital. Desses reveses da vida, saiu da internação pior do que entrou. Rodnei, o porteiro, também sabe. Disse que você teve pesadelo, caiu da cama e quebrou a perna. Achei a história melhor.

É uma canja farta. Gordos pedaços de frango afundam num caldo denso.

— Se você quiser conversar eu estou aqui. Dizer por que fez o que fez. Se preferir ficar quieto, tudo bem. Agora é importante que você desc…

— Tem sal?

— Tem.

— Mais sal. Para eu colocar na sopa.

— Não é sopa. É canja. E está com sal. Você é jornalista, tem acesso às informações. Deve saber sobre hipertensão. Mas como eu ia dizendo, você precisa descan…

— Eu não acredito nessas frescuras. Tem sal?

— Tem.

— Tem sal na cozinha?

— Tem sal na cozinha e na canja. Mas se você está perguntando se eu vou te dar o saleiro, a resposta é não.

Joel afasta o prato.

— Está pior que comida de hospital.

Ele apoia as mãos na cadeira e se levanta em busca das muletas junto à parede. Glória é mais rápida e se apodera das duas.

— Eu não vou te dar o saleiro. E você não vai pegar o saleiro.

— Você está me fazendo de refém!

— Você está se fazendo de refém. Da sua própria grosseria. Pois se dispensa a canja que passe fome — ela diz, pegando o prato. — Vai ser o seu café da manhã. É regra da casa. Quis explicar antes, mas você chegou como tatu azedo e se enfurnou no quarto da Cláudia. Não pode desperdiçar comida ou ficar bêbado. A cama eu faço enquanto você estiver de muletas. O mesmo para varrer o chão e lavar a louça. Depois, é com você. A poltrona está puída e cobri com a canga que foi da minha filha.

37

Está fina pelo uso, cuidado na hora de sentar para não esgarçar o tecido. Quando for ao banheiro, por favor, levante o tampo do vaso. E baixe depois de usar.

Apetite aberto por três colheradas na canja, Joel se dá conta de que está faminto. Pensa em pedir um copo de água para enganar a fome.

— Para enganar a fome — Glória diz, colocando um copo na frente de Joel.

— Estou sem sede.

— Como preferir — ela diz, pegando o copo de volta.

— E eu vou tomar meus comprimidos no seco?

— Vamos esclarecer algumas coisas, seu Joel. Eu fiz um preço camarada por consideração ao meu sobrinho Leandro.

— Preço?

— Deixei de alugar o quarto para duas meninas muito simpáticas. Veganas.

— Não sabia que ele estava pagando. Não preciso de favor.

— Porque tem um amigo como ele. Vou deixar o copo com água no quarto para os remédios.

Glória vai até o quarto. Na volta ela senta no sofá, cruza as pernas e pega na mesa uma revista de celebridades. Joel se levanta. Anda sem rumo pela sala e decide sentar na poltrona coberta pela canga. Enquanto se abaixa é acometido por dores súbitas, que o impelem a gemer e bufar. Glória interrompe a leitura e acompanha Joel com atenção. Ele sabia que ela iria se interessar.

— A dor é terrível — ele diz. — Começa no joelho, se junta com a ciática e sobe a coluna.

— Cuidado para não esgarçar a canga — ela diz.

— Terrível.

Glória vira uma página da revista.

— A pessoa exagera no Botox, e fica com cara de quem acabou de sair do coma e desconhece a situação do Brasil — ela diz.

Joel se ajeita na poltrona, gemendo. Ela volta a olhar para ele.

— Eu não encontro posição que me alivie — ele explica.

— Cuidado com a canga.

— Tira então essa porcaria daqui.

— Tiro no dia que você pagar o estofador.

Ela volta a folhear a revista.

— Também é um mistério por que elas fazem beiço. E caras de safada. Essas meninas acham que inventaram a xoxota.

No corredor do prédio, cachorros passam latindo.

— Detesto cachorro — diz Joel.

— Só serve para dar trabalho e trazer aporrinhação — diz Glória.

— Cachorro pequeno é ainda pior.

— A pessoa se apega, gasta um dinheirão para cuidar, e quando morre chora como se fosse perda de filho. Esses daí são os chiuauas da Aracy. Ela remoçou depois que começou a limpar cocô de cachorro. Cláudia, minha filha, sempre quis ter um cachorro. Deixei ela ter uns girinos, ela pegou no Açude da Solidão. Fim de semana, a gente subia no ônibus 233 até a pracinha do Alto e caminhava pela floresta. Já faz tempo que não vou. Quando você voltar a andar podemos passear para aquelas bandas.

— Quando eu puder caminhar vou embora.

— Vá com Deus.

5.

Mas então, onde eu parei?

Na rua Uruguaiana, rumo à redação do *Luta*. Querendo pedir as contas. Rapaz, seis meses eu passei, ouvindo a rádio da polícia. Transcrevendo horóscopo. Comprando café de repórter no bar do turco. Queria fazer reportagem, mas o chefe desconversava. Pensei, vou pedir demissão e peitar meu pai, estudar para ser engenheiro como quer minha mãe. Ter carro do ano e noiva do Sacré-Cœur, morar na Zona Sul e passar as férias no exterior.

Veio então uma ventania, com rodopio de lixo e céu ficando escuro. Começou a chover forte. Corri de marquise em marquise. Cheguei na redação encharcado e me afundei na cadeira.

Meia hora depois o Cristiano abriu a porta da sala particular. Ele era um homem de uns quarenta anos, óculos redondos, cabelo de anjinho barroco. Tipo sensível, com livro do Manuel Bandeira assinado pelo autor na gaveta. Único ali com diploma. Cristiano veio para a capital com a desculpa do curso de direito e a ambição de se tornar poeta. Sofreu por amor, mas fracassou na tradução para os versos. Para não envelhecer atrás do balcão da farmácia dos pais em Valinhos se tornou jornalista. De vez em quando ainda rabiscava uns versos nas laudas. Então o Cristiano abriu a porta e gritou:

— Eu quero um cadáver!

Levantei os olhos, baixei, voltei a bater o horóscopo.

— Já são cinco da tarde e não temos nenhum cadáver — disse Cristiano. — Preciso de uma manchete. Voltem para a rua, liguem para os hospitais. Me arranjem um cadáver na próxima hora.

— Vai aparecer — disse Farinha, pendurando o terno na cadeira e deixando o guarda-chuva molhado num canto.

— Por falar nisso, já faz mais de um mês que você emplacou uma manchete.

— Tô sem sorte.

— Isso aqui não é roleta. Me traga algo que preste. Só publiquei a história do batedor de carteiras porque o dia estava fraco e o batedor era francês.

— E o crioulo linchado no poste, não conta?

— Não tinha foto.

— Você não ia querer publicar a foto do que sobrou. Ô garoto, me traz um café do turco. Carrega no açúcar. Que é que deu nele?

— Quer ir para a rua.

— Deixa o garoto começar, Cristiano.

— Isso é comigo.

Cristiano me protegia. Por causa da minha mãe. Assim que soube do emprego ela baixou no jornal enquanto eu estava na escola, querendo saber onde estava o dono da quadrilha.

— O chefe de redação? — perguntaram.

— Dos gangsters, eu quero falar com o chefe dos gangsters!

Mamãe entrou na sala de Cristiano sem bater.

— Troquei a fechadura! — ela disse. — Minha vida agora vai mudar. O pai do meu filho que se vire com as quengas. Um dia a pessoa acorda, ah, um dia ela acorda.

Isso foi o que me contaram, e eu consigo imaginar mamãe se provando acordada nos olhos esbugalhados. Cristiano do outro lado da mesa, não menos alerta. Mamãe nunca soube ir direto ao ponto, e antes de dizer quem era e por que raios gritava, se valeu do ouvinte para um desabafo.

— Agora vai ser diferente. Homem na minha vida, só se for médico, porteiro ou motorista. Ver as estrelas na avenida Niemeyer! A burra aqui acreditou na lorota. Pensei que seria um jantar inocente no restaurante Palácio de Veneza. Veio o garçom vestido de gondoleiro, Renê mandou trazer couvert, aperitivo e lagosta. De vinho foram duas garrafas. Passei mal, ele foi atencioso. Ha! Foi a minha perdição. Grávida aos dezesseis. Secretária aos dezoito. Secretária aos vinte e dois, vinte e cinco e aos trinta. Isso com o calhorda achando que a porta da minha casa era de vai e vem. Entrava e saía quando bem entendia. E não satisfeito em destruir minha vida ele botou meu menino nessa espelunca. Nesse jornal oportunista, sanguinário, mentiroso! Proibi Joel, mas porque agora ele tem buço se acha homem e me ignorou.

Nisso a redação parou. Ali mulher só entrava para limpar cinzeiro. E vinha minha mãe, confusa, raivosa, no salto alto e na saia godê, se emancipar.

— Na minha casa ele não entra! E se aparecer na janela eu jogo água com permanganato. Jornal de criminosos! Exploradores de crianças! Daqui vou direto à DP para dar queixa dos maus-tratos! — Só então ela se calou e decidiu se sentar. — Joel nunca me contou, descobri há pouco e por causa das marcas. — Apontou Cristiano. — O senhor! Vai cuidar do meu filho. Vai protegê-lo a todo custo. Para ele não se traumatizar. Ainda mais. Joel só vai ver defunto quando eu morrer e pretendo passar dos

42

cem. — Então ela baixou a voz. — Ele é um menino. Passa o domingo lendo gibis. Toma leite com Nescau antes de dormir.

— Deixa ele ir para a rua comigo, Cristiano — disse Farinha. — Eu cuido do garoto.

— *Eu* cuido do garoto — disse Cristiano. — Eu quero um cadáver! Arranjem a minha manchete.

Tem dias que o Rio se acha europeu. Ônibus não enguiça, trem não atrasa, carro se move com cautela. As emergências dos hospitais só têm caso de menino caindo do escorrega ou enfiando botão no nariz. Pessoal do IML joga buraco na portaria. Delegado limpa a unha com clipe, bombeiro boceja. Ninguém mata ninguém. Ninguém queima ninguém. Nada explode ou desaba. Faca só na hora de cortar o bife. Comprimido só na hora de mal-estar. Revólver no escuro da gaveta. Em vez de brigar os bêbados se abraçam. A luz não acaba, não falta água, as traições são discretas, os abusadores descansam. Dia tranquilo e de chuva, então, é pior. Transeunte anda moroso e onda gigante bate na praia, com luz amarela saindo das casas. Presépio tropical. Nada é notícia, a cidade procrastina.

Lá pelas seis conseguiram uma ocorrência.

Severino Souza (22 anos, pardo, casado e pedreiro, morador à rua da Gama, s/n), matou a golpes de faca a esposa Maria de Nazaré (16 anos, parda, doméstica e moradora no mesmo local), e feriu na região lombar o indivíduo Aguinaldo Torres (vulgo Cabelo Bom, branco, idade e endereço ignorados). O crime ocorreu ontem à tarde, quando o assassino retornou ao lar depois de um árduo dia de trabalho honesto, e surpreendeu a vil adúltera nos braços do frio amante, ambos em trajes menores. A RP-19 comandada pelo Cabo Ismael compareceu ao local do crime, mas o assassino havia sumido na penumbra fria. A mulher morreu a caminho do Souza Aguiar, sendo o corpo conduzido ao necrotério. O amante encontra-se em observação naquele nosocômio.

Agora. Tinha ferida de machadinha na cabeça da mulher? Estricnina no copo do amante? Alguém havia sido escaldado, queimado com ferro de passar, dedos triturados no liquidificador? No *Luta Democrática* notícia assim virava notinha. Tragédia pequena aos olhos dos outros, incidente comum da ralé.

Depois conseguiram uma esposa de camisola num parapeito do Flamengo. Bairro de gente rica, melhor. Marido disse que ia embora, ela disse que também ia, só que pela janela.

Ficou assim:

ATENTOU DE PENHOAR CONTRA A PRÓPRIA VIDA
Fracassou o suicídio sensual

Mas faltava uma foto. E desenrolar. A mulher desistiu e voltou ao quarto, tomou tranquilizante e dormiu.

— Liguem de novo para as delegacias, vejam se aparece algo melhor — disse Cristiano.

Farinha se levantou com o caderno de endereços e foi até a mesa dos telefones. Madureira. Tem sempre algo acontecendo em Madureira. Procurou pelo número da delegacia, e quando pegou o telefone para ligar ele tocou.

O problema do jornal são os leitores. Não os que compram jornal e leem calados, mas os que se materializam, emergem da opinião pública com dedo no disco do telefone, número do jornal e instruções para o repórter. Leitor ligando para dizer o indispensável, do tipo "briguei com minha sogra pelo melhor lugar do sofá, ela me ameaçou com a serra de pão". Ou "tenho denúncia da boa, meu vizinho fez gato no poste da Light", isso numa cidade em que metade da população só vê a cara da família de noite por causa da única lâmpada ligada ao gato da Light. Leitor assim tinha sorte, era tratar mal um deles para o fulano reclamar em nova ligação, atendida pelo chefe passando.

Farinha tirou o telefone do gancho e colocou de volta, desligando a chamada. Apertou e soltou o gancho em busca de sinal. Nos dias de chuva a linha demorava para chegar. Apertou dezenas de vezes. Numa delas o telefone tocou. Ele ignorou e apertou o gancho para desligar.

— Eu quero a manchete! — gritou Cristiano.

Farinha apertou o gancho várias vezes, o telefone voltou a tocar e ele atendeu sem querer.

— Alô? É do *Luta*?

— Redação do jornal *Luta Democrática*.

— Aí tá chovendo muito?

— ...

— Tá chovendo muito aí?

— Bastante, senhor.

— Aqui as ruas começaram a alagar. Acabou a luz. Daqui a pouco os carros começam a boiar.

— Deseja alguma coisa?

— Eu se fosse prefeito fazia um trabalho direito. Limpava os bueiros. Tirava as montanhas de lixo das favelas. Mas político no Rio só cuida do próprio bolso. O resto que se dane.

— Companheiro, eu estou ocupado, vou ter que desligar.

— Espera. Qual a sua graça?

— Deseja falar com quem?

— Ah, mas essa é boa. Se eu liguei para o jornal é porque quero falar com quem trabalha no jornal. Você é repórter?

— Se eu trabalho no jornal é porque devo ser.

— Você é repórter?

— Depende.

— Qual a sua graça?

— Aurélio Buarque de Holanda.

— Esse nome é familiar. Repórter de polícia do *Luta*?

— A seu dispor.

— Eu gosto muito do trabalho de vocês. A banca é na esquina de casa, eu compro de manhãzinha.

— Companheiro, eu estou um pouco ocupado, me desculpe mas eu preciso desligar.

— Calma, Aurélio. Você quer notícia? Tenho uma boa. Mas se preferir eu ligo para o concorrente. Ou para o seu chefe.

— Pode falar comigo.

— Aproveitaram as ruas desertas pela chuva para desovar um morto aqui perto.

— Onde? Quando?

Farinha anotou os dados, pegou o guarda-chuva e avisou ao fotógrafo Godofredo que iam sair. Passou pela sala de Cristiano.

— Tô indo buscar o seu cadáver — disse.

Cruzou comigo na escada voltando com o café.

— Bora comigo, garoto.

Rapaz, a felicidade. Coração bateu forte, abri um sorriso grande. Eu era assim de menino, ainda sentia esse tantão de alegria. Sair com Farinha era o meu sonho. Ele era amigo de bicheiro, delegado, proxeneta, detetive, batedor de carteira e arrombador de cofre. Sabia dizer quando chegava contrabando, e quem era quem na cadeia inteirinha, do marinheiro que descarregava ao bacana dono da mercadoria no palacete do Flamengo. Único repórter para quem, quando sumia por dois ou três dias, Cristiano fazia vista grossa. "Mandei apurar história maior", Cristiano dizia, mesmo com todo mundo sabendo que a história maior era o desvio de Farinha para um boteco na subida do Morro de Fátima. Farinha não bebia, ou bebia por dois dias. Era o melhor repórter do *Luta*, e bêbado de acordar com sol forte e lábio grudado por baba seca no asfalto.

Agora imagine eu, pequenino no banco de trás do jipe do *Luta*, sorriso de orelha a orelha. Godofredo ao lado, pernas abertas e máquina fotográfica no colo. Na frente Farinha, reclamando da sogra com o motorista. Eu, pinto no lixo, junto aos meninos grandes. Rosto já meio doído de tanto sorrir. No peito o coração inchado, batendo feliz.

Escurecia. A chuva estava implacável. Uma cortina de água formava-se nas marquises dos prédios da Presidente Vargas. Na frente os relógios iluminados na torre da Central indicavam seis da tarde. A melodia sentimental da "Ave Maria" de Gounod interrompeu o noticiário do rádio.

O jipe dobrou na Leopoldina e pegou a avenida Brasil. Casa, depois de loja, depois de muro, depois de fábrica, depois de casa, depois de loja. Eu nem sabia que o Rio podia ser tão comprido. Eu só conhecia o Grajaú, o caminho de bonde até a escola e o jornal, e as ruas do Centro. Testa no vidro fechado e frio, peito repleto de antecipação, a minha mente foi se alongando como o caminho. Comecei a entender que o Rio era muito maior e mais complexo do que eu era capaz de imaginar.

Vinte minutos depois o jipe dobrou à direita e seguiu por uma rua escura e esburacada, pontuada por galpões, muros altos e terrenos baldios. Dobrou de novo, pegou uma rua estreita. Mais galpões e prédios sem luz. Andou mais algumas quadras — eu balançando lá atrás a cada buraco na rua. Passou por uma pracinha com balanços quebrados, chegou até uma rua comercial com lojas fechadas. Perto de um poste estava um amontoado semelhante a um corpo, e digo assim porque era difícil para mim acreditar que era um.

Eu nunca tinha visto um morto, a massa inerte e estranhamente real de um morto. Minha boca secou, o coração permaneceu batendo forte, mas diferente. Farinha virou o rosto para mim:

— É o seguinte, garoto. Você não toca em nada. E também não fala. Só fica do meu lado e vê se não atrapalha.

Concordei com a cabeça. Eu me sentia um décimo de mim mesmo, e mesmo essa porção parecia um estorvo. O motorista encostou o carro junto à sarjeta e desligou o motor. Chovia torrencialmente.

— Vai ser a água do teu batismo — disse Godofredo.

Farinha saiu do carro e abriu o guarda-chuva. Andamos juntos até o corpo. Era um homem de meia-idade em decúbito frontal. Braços abertos, pernas atravessadas no meio-fio. Farinha sorriu. Morto graúdo. Branco, cara de rico, terno e gravata, sapato fino de couro e sola com pouco uso.

Mas havia um problema. O corpo estava intacto. Sem facada, tiro, nem sequer hematoma. O morto parecia até satisfeito, assim como quem tira um cochilo na rede. Farinha conferiu o relógio. Faltavam duas horas para o fechamento do jornal. Ele não podia voltar para a redação com a não notícia de um morto por causas naturais.

Farinha era neto de escravo alforriado e filho de lavadeira. Terceira geração tentando botar o pé na classe média. Naquela semana ele havia sido demitido do emprego matinal no Detran. O aluguel da casinha atrasado. A mulher começou a tossir, e no exame deu tuberculose. A sogra com diabetes foi morar com eles. O filho gostava de ler e queria fazer pré-vestibular. Tinha a pele mais clara que a de Farinha, poderia chegar onde ele jamais chegaria.

Fazia um mês que ele não emplacava uma manchete. Só escrevia sobre velho encontrado morto no banco da praça, bêbado atropelado em Copacabana, outro corpo de homem pardo com rosto desfigurado nos trilhos do trem. Nenhum dos mortos recentes tinha passado, dinheiro ou mistério que justificasse uma história maior. Havia repórteres mais novos e ambiciosos. A mulher de Farinha precisava de tratamento, o sanatório em Friburgo era mais caro que hotel. O filho queria ser médico. A sogra tomava longos banhos, esquecia as luzes acesas, comia por dois. Tudo quanto era conta aumentou.

Então, na rua deserta e escura e sob a chuva incessante, Farinha fechou o guarda-chuva, tomou impulso e fincou no morto, furando o tórax com a ponta de metal. Uma, duas, três vezes. Toda a força nos braços, mais furos, o barulho breve e seco de ossos quebrando.

Eu, do lado. Água da chuva pingando pelo nariz. Em cada golpe meus olhos tentavam fechar. Eu percebi um movimento em mim. Entendi de leve que me tornava outra pessoa. Não mais velha, ou melhor, eu me tornava uma pessoa... desconhecida. Demorei anos para entender a cena, e acho mesmo que parte de mim nunca se deu ao trabalho.

Esqueci os detalhes, mas consigo me ver de um ângulo superior. Eu junto a Farinha (ele metro e oitenta, eu, metro e quarenta e nove). Os dois de frente para o corpo violado. Ele, descansando. Eu, existindo. Pequeno, molhado, imóvel. Catorze anos. No bolso da calça o sanduíche de queijo feito por minha mãe, amassado.

Farinha chamou Godofredo (até então de costas, interessado no aspecto de um muro) para a foto.

Cinco minutos depois os faróis do carro de polícia iluminaram a chuva sobre o morto. Saíram dali cento e vinte quilos maturados em escritório e cobertos por terno barato do detetive Peixoto. Peixoto abriu o guarda-chuva e se aproximou de Farinha. Cumprimentaram-se.

— Diga lá, quando vai ser o baile?

— Helena debuta semana que vem. A patroa está nervosa, na base do suco de maracujá. E seu menino?

— Gosta dos livros, quer ser doutor.

O caçula do Peixoto ganhou um minilaboratório.

— Vai ser cientista — ele disse.

— O que temos aqui? — perguntou Peixoto, batendo o pé no cadáver como se fosse um pneu furado.

— Presunto rico. Morto a tiros.

Peixoto observou o morto, que mesmo perfurado ainda parecia desfrutar de um cochilo. Estudou o paletó, e fez um beiço associado à qualidade do corte. Ajoelhou-se com dificuldade, a extraordinária barriga impedindo a ação. Ele tentou encaixar o indicador dentro de um dos furos no peito. O furo era estreito, o dedo não entrou. Tentou outros dedos que também não entraram. Colocou o mindinho.

— Bala calibre vinte e dois. Arma pequena, de mulher. Crime passional — ele concluiu, limpando o mindinho no lenço tirado do bolso.

— Então aquela ruiva com quem cruzamos num Cadillac branco pode ser a assassina... — Farinha me disse.

Eu não respondi.

— Tá assustado, o menino! — disse Peixoto. — O primeiro morto a gente nunca esquece.

Na volta os homens estavam em silêncio. A chuva batucava na capota do jipe, o para-chuva se movia no vidro da frente.

— Tá calado — Farinha disse, me olhando pelo espelho retrovisor.

— O que você fez é errado.

Godofredo deu uma gargalhada.

— Você ainda tem muito para aprender — disse Farinha.

— É errado. Não teve tiro. Ele morreu por outro motivo. É essa a verdade.

— E quem é você para dizer o que é verdade?

— Eu vi. O jornal tem que publicar a verdade.

— Ah, essa é boa. Então me diz, o que é verdade nos jornais sérios dos bacanas? Que o salário mínimo dá para cobrir as despesas de mês? Que o Rio não vai ter mais racionamento de luz? Que esse governo militar e de merda vai ser temporário? As manchetes dos jornais são feitas de mentiras. Do que tem que acontecer mas nunca acontece. Não é você, ainda aprendendo a escrever, que vai me dizer o que é a verdade.

— Os furos, foi você que fez.

Farinha virou-se para mim, o intenso branco dos olhos contrastando com a escuridão no carro.

— Eu vou te dizer uma coisa, garoto. O *Luta* pode aumentar uma coisa ou outra. Mas nada é mais verdadeiro nesta cidade do que os cadáveres que a gente mostra. Lembre-se disso, por todo o tempo em que conseguir ser repórter. Os cadáveres são reais. O sofrimento é sempre real.

6.

Joel acorda devagar, o corpo tremelicando num espregui-çar gostoso, até a perna doer e ele se lembrar quem é. Ele ouve o som abafado da TV ligada na sala e do motor dos carros distantes na Conde de Bonfim. É a maior qualidade dos quartos de fundos: a de não cancelar, mas filtrar os ruídos, tornando-os longínquos e pertencentes a outro mundo, sugerindo haver entre o quarto e o exterior as camadas protetoras do real e do imaginário, feitas de concreto e esquecimento.

Ele se esforça para levantar, a perna dói como se um arpão fincasse a carne. Equilibra-se nas muletas e sai do quarto.

A TV está ligada na mesma emissora da noite anterior. Mas a mulher no sofá é outra. Brincos dourados descendo em cascata, cabelos tingidos de negro presos num rabo de cavalo junto à nuca, pontas secas se eriçando depois do elástico como um ouri-ço. Os olhos grandes, escuros e maquiados parecem pendurados às duas rugas paralelas na testa. Junto às pernas da mulher, dois chiuauas rosnam e mostram os dentes para Joel.

— Glória saiu, disse que volta já, já. Calados! Eu sou a Aracy. Você tem esposa?

— Não no momento.

— Filha?

— Deixou de falar comigo.

— Quer ver coisa bonita? Calados!

— Já estou vendo — ele diz, olhando Aracy.

Aracy olha Joel como se ele fosse um rodo, mas passa a mão nos cabelos. Tira da bolsa um rocambole de veludo azul e desenrola na mesa de centro, exibindo anéis e brincos prateados.

— Nunca se sabe quando é preciso agradar uma mulher — ela diz.

— É mesmo um mistério. Tentei a vida inteira sem sucesso.

Joel nunca entendeu o fascínio das mulheres por penduricalhos. Aliança para ele era algema, não usava por mais de um mês. "Mas e a correntinha no peito?", as mulheres perguntavam. "Proteção", ele dizia, tocando indeciso o santo Expedito. Não sabia se a medalha o havia poupado do pior, considerando todos os piores que tinha testemunhado, ou se não tinha surtido efeito, considerando todos os piores pelos quais havia passado.

O que deu errado, ele pensa, foi querer sumir da cidade como um marido fugido. O Rio exige despedida formal. Quando tirasse o gesso e voltasse a andar sem muletas, Joel iria de táxi até o ponto inicial do 145. Na Pavuna, entraria no ônibus vazio e sentaria no camarote do transporte público, o assento em cima da roda e junto à janela. Seguiria em ritmo moroso pelos engarrafamentos e sinais fechados até Copacabana, comprando a balinha de hortelã e o saquinho de amendoim dos vendedores ambulantes, dando o dinheiro da carteira para os meninos mendigando no corredor, conversando com qualquer solitário sentado ao lado. Virando a cabeça para a janela e encostando a testa no vidro, despedindo-se de rua por rua do Rio. Em Copacabana ele pegaria um táxi até o Corcovado. E seria dali.

Meia hora depois a figa sobre a porta de entrada balança.

— Dia abafado — Glória diz.

— Tá na minha hora — diz Aracy. — Passa lá em casa depois que eu te abro um jogo de tarô.

— Vou na quinta.

Glória desliga a televisão.

— Tá me olhando assim por quê?

— Não precisa deixar vigia quando sai. Adiei os planos de me matar.

— Está falando de quem, da Aracy? Ha-ha, mas você se acha. Meu filho, com Aracy na frente da TV, você pode se dependurar no lustre e se enforcar com o fio daquele teu abajur esquisito que ela nem vai notar.

— Meu abajur é elegante.

— É meio estranho. Só não é mais estranho do que chegar na casa dos outros com abajur. Aracy gosta de ver TV aqui em casa. Tem a chave, entra e sai até mais do que eu. Diz que a minha TV é melhor que a dela. Cláudia disse que eu devia trocar. "Mamãe, essa TV tem um bumbum do tamanho de um frigobar", ela disse. "Funciona, não funciona?", respondi. "Então."

Glória alonga os braços entre a mesinha e a estante.

— Aracy vende bijuteria de porta em porta. Está melhor agora do que quando era casada. Rômulo fazia "negócios". Sabe como é. Conquistou a Aracy jovenzinha prometendo riqueza. Cara de rico ele tinha. Alto, topete louro. Parecia um gerente de banco para quem a gente quer dar o nosso dinheiro. Eu só sei que ele se aboletou no apartamento dela. Segunda-feira de tarde eu cruzava na portaria com Rômulo de cabelo molhado indo para a primeira reunião do dia. Ele estava sempre se encontrando com alguém *importante*. Fazia *consultoria, captação de recursos*. Sei. Eu também. Captava recursos dos fregueses em troca de empadão de frango. Nunca fui de me meter na vida dos outros, mas tenho boca para perguntar, então não me metia, mas perguntava. Uma vez no aniversário da Cláudia, Rômulo se levantou para ir ao banheiro e abordei ele no corredor. "Como estão os negócios", perguntei, assim como quem não quer nada. "Não tenho que lhe dar satisfações", ele disse, pescoço ficando vermelho. Cerveja demais deixa a pessoa violenta, por isso eu bebo sangria, e só em datas festivas. Agora, para ser justa, de vez em quando ele ganhava uns caraminguás. Rômulo passava confiança e tinha porte. Era homem de fazer bonito em anúncio de cueca. Mas era limitado. Aquele ali não dava nem para consultar pedindo para ele olhar o céu e dizer se ia chover. Quando Rômulo ganhava uns trocados a Aracy aparecia com bolsa de grife, eles bebiam vinho do Lidador. Francês, eu sei porque a garrafa aparecia no lixo. A situação apertava e o Rômulo vendia a bolsa.

— Ele devia ter alguma coisa para ela estar com ele.

— Costas peludas. Aracy nunca soube viver sem ter ao lado um corpanzil de homem. Até parece que respirava pelo pulmão dele. Sorte dela gostar da companhia, porque Rômulo quando não estava na jogatina ou fazendo os tais negócios trabalhava de um canto da sala. É meu home office, ele dizia, faço muito networking pelo e-mail. Rômulo era meio besta. Sabe-se lá o que ele fazia no computador, a internet é um antro de safadezas, mas como não sou de acusar prefiro pensar que jogava paciência. Eu só sei que um dia Rômulo caiu duro no meio da rua. Quando a ambulância chegou ele já estava frio. Aracy chorou de perder a razão, ela debruçada no defunto com um roxo deste tamanho na testa, porque deu hematoma no homem quando ele caiu de cara no chão. Eu, do lado. Quieta. Rômulo não merecia o copo de água de filtro que Aracy tomou para soltar mais lágrima. É claro, eu não podia dizer isso para ela. Só disse depois.

— Então você disse.

— Depois, bem depois. Na semana seguinte. Quando Aracy estava mais tranquila, e cansada de repetir sobre o bobó de camarão feito por Rômulo justo antes de morrer. "Até parece que pressentiu a morte e me deixou um bobó", ela dizia, "e agora, o que eu faço, sem Rômulo e com bobó, não me atrevo a descongelar, não me atrevo a comer, mas então o que eu devo fazer." Numa que ela parou para fungar, eu entrei, "Aracy, você pode fazer tantas coisas da vida". Ela, "Vida?". Eu, "O avião é só seu, o copiloto sumiu". Ela secou as lágrimas, e focou nesse cinzeiro de cobre na sua frente, cinzeiro sendo possibilidades que se abrem, e disse, "Eu quero um cachorro".

— Bela escolha.

— Melhor que se jogar de um prédio. Mas deixa eu terminar. Com Rômulo roxo, morto e enterrado, Aracy perdeu até o pouco das negociatas. Então uma prima... acho que foi isso, uma prima, ou uma amiga, agora eu nem sei... falou dessa moça com uns contatos na Bolívia, pessoal que trazia de lá uns produtos para revender. "Tóxico eu não vendo", disse Aracy. "É anel", disse a prima, indignada, acho eu. As amigas e as amigas das amigas compram. Para ajudar.

Glória estica o braço e mostra o anel com pedra verde na mão esquerda.

— Para a Aracy você também disse que eu caí no hospital?

— A Aracy é de casa, sabe do que aconteceu.

— O que você disse?

— Que você não soube se matar. Aliás, se você quiser falar sobre isso, eu estou aqui.

— Não tenho que lhe dar satisfações. Fiz o que tinha que fazer.

— Fez muito malfeito.

— Você sempre diz o que pensa?

— Anos de prática.

— Com o seu marido?

— Isso é problema meu. Vou tomar um banho e me concentrar para escrever. Acho que lhe contei, estou escrevendo um livro de memórias. Para a editora Gonçalves. Eles inclusive me ligaram outro dia para cobrar. O original, ligaram para cobrar o original. Pedi paciência ao rapazinho, ainda me faltavam uns sessenta anos para registrar. Tive uma infância atípica, e está me tomando uma porção de tempo tirar da memória e colocar do mesmo jeito no papel.

7.

De frente para a mesa de jantar ficam a janela e a porta que dão para o pátio interno, gradeadas e abertas durante o dia. Não há nuvens, e a luz do sol sobre o vão dos prédios ao redor define um retângulo no piso de cimento envelhecido. O retângulo avança ao longo do dia. Sentado na cadeira junto à mesa de jantar, Joel acompanha o movimento, interessado nessa nova e simples relação com o tempo. Um cachorro late. TVs ligadas ecoam a voz de um apresentador. Mosquitos sobre o cesto de frutas. Fileira de formigas a caminho de um vão. Em cima da mesa, os cadernos bagunçados do jornal que não leu. Ele se levanta, passa por Glória no telefone revelando a mais simples e pura verdade sobre a filha do síndico, vai para o quarto e se deita. Ele sonha com um grande salão, fileiras de mesas com máquinas de escrever, escarradeiras nos cantos, cinzeiros cheios, cabides para chapéu e casaco. Copos baratos de vidro com o fundo manchado de café, laudas, canetas, blocos. Junto às máquinas rotativas o sofá preto de couro sintético, espuma saindo por rasgos. Ele quer sonhar com o cheiro de tinta fresca nas páginas mornas de cada edição. Teclar das máquinas, repórteres falando, rádios ligados, telefones tocando.

Eu quero contar sobre o fim daquela noite de chuva. A noite do meu batismo como repórter. Na redação, Farinha puxou uma cadeira e me mandou sentar.

O relógio circular na parede indicava oito e meia.

— Trinta minutos para o fechamento! — gritou Cristiano.

Farinha acendeu um cigarro, deu uma baforada, colocou uma lauda na máquina.

— Presta atenção, garoto.

Ele alongou os braços e os dedos das mãos entrelaçadas, estalou o pescoço e começou a datilografar. Usou apenas os indicadores, a cabeça balançava levemente, como se o corpo desse ritmo para a história, ou a história desse ritmo para o corpo. Godofredo passou correndo com as fotos reveladas e sumiu no escritório de Cristiano.

— Vinte minutos! — gritou Cristiano.

— Te vejo daqui a pouco no bar do turco? — um repórter de saída perguntou para Farinha.

— Pega a mesa do canto que eu tô chegando — ele disse. Parou de datilografar. — Vai ter jogo de porrinha?

— Hoje é dia.

— Espera eu chegar. Tô com sorte.

Farinha tragou o cigarro e o colocou no cinzeiro, voltou a datilografar. Terminou a primeira lauda, ajustou a segunda na máquina, alongou os braços com os dedos cruzados.

— Dez minutos! — gritou Cristiano.

Farinha pousou as mãos na máquina e se virou para mim.

— Você sai sempre com um bloco e caneta. Anota os detalhes. Não pense que vai se lembrar depois, porque não vai.

59

Comecei garoto feito você. Mais de uma vez esqueci o caderno e tive que inventar.

— Vai ser a manchete — gritou Cristiano.

Mordi o canto da unha e me ajeitei na cadeira. Farinha tragou o cigarro, soltou uma baforada lenta.

— Mas é que também era seis por meia dúzia. Se não era um Pedro era um João que morria atropelado. Nunca ninguém reclamou.

Ele bateu a cinza no cinzeiro, retornou o cigarro ao canto da boca, voltou a datilografar. Cristiano se aproximou e leu por trás de Farinha a reportagem se formando. A cinza avançava pelo cigarro na boca de Farinha. Ele datilografava em ritmo constante, olhos fixos na lauda, até o ponto-final. Espremeu o cigarro no cinzeiro e entregou as laudas para Cristiano.

— Tá vendo como se faz, garoto — disse.

Ele tinha acabado de transformar um cadáver molhado numa narrativa coerente.

E foi como se a minha cabeça tivesse o tamanho de um sala e dois quartos, sala com porta misteriosa que nunca abri, e de repente se abria, para outra sala com mais portas para outros quartos. Vou te contar mais ou menos o que aconteceu:

Pelo mês seguinte Farinha escreveria manchetes. O morto tinha nome de rico, Eduardo, sobrenome alemão, Kaiser, e era dono de uma confecção de roupas, o que possibilitou escrever sobre a morte por motivo passional de um bem-sucedido empresário estrangeiro do ramo têxtil. A viúva de Eduardo leu a notícia e teve uma crise de nervos. Os amigos e familiares leram a notícia e sussurraram na missa de sétimo dia, para a órfã Cibele não ouvir. Quando a viúva se deu conta de que a família, os amigos e o resto do Rio eram informados sobre a existência de uma amante ruiva, seu estado piorou.

— Não dá bola porque é no *Luta*, jornal de terceira — disse a melhor amiga.

A viúva considerou, mas a amiga havia lido, ela havia lido, bem como os vizinhos de porta, de prédio e da rua, passando pelo jornal exposto na banca da General Glicério, e comprando escondido um exemplar. Ali, o nome Eduardo Kaiser, junto às palavras "amante", "tresloucada" e "assassina". Farinha descreveu em nova reportagem a viúva com nervos em frangalhos. A tiragem do jornal esgotou. O batalhão de polícia divulgou o retrato falado de uma suspeita, o rosto um tanto grosseiro saiu na capa do jornal. "Feia assim só pode ser travesti", comentaram. O imbróglio se elevou a sodomia. Surgiram cartas de amor assinadas por um tal de Darcy, das quais Farinha revelou parcos trechos publicáveis. Cristiano demonstrou apreço por Farinha com um aumento de salário. Após internação num sanatório em Friburgo, a mulher de Farinha se recuperava da tuberculose. Farinha se preparava para recebê-la queimando o colchão velho e comprando um novo no saldão de Benfica. A sogra deu para ter medo de espíritos e agora só dormia de luz acesa. Ele podia pagar a conta. O filho era o melhor aluno do cursinho pré-vestibular. A viúva Kaiser deu entrada numa casa de repouso, a órfã Cibele num internato católico. Autoridades fizeram declarações sobre o caso e mostraram para a família seus nomes impressos no jornal. O filho de Farinha passou no vestibular de medicina. Transeuntes se amontoavam em frente às bancas exibindo o *Luta Democrática* preso à moldura com um pregador. A população do Rio demonstrava interesse por notícias relevantes esgotando as tiragens do jornal. Lamentavam a triste sina de uma família outrora feliz. A foice do destino atinge a todos, até mesmo os louros e os estrangeiros, que moravam nas casas de sete quartos com vista para o Cristo no alto das Laranjeiras.

Eram os tempos do jornalismo mágico, Joel pensa.

O que era mundano recebia uma tinta. O repórter deixava a história mais emocionante para garantir a leitura e aumentar a tiragem. Como essas fotos antigas em preto e branco, retocadas com tinta azul no céu e verde nas árvores. Parecido, só que com as palavras e os fatos. Tronco em maré baixa se tornava monstro da praia de Ramos. Grã-fina defunta virava o fantasma da mulher de branco. Jornalismo criativo e com arabescos. A vítima *indefesa* era assassinada *barbaramente* pelo algoz *desalmado*. E o que o jornal dizia se tornava verdade por um dia, não adiantava reclamar ou desdizer. Antes da internet a indignação das pessoas só chegava até os vizinhos.

Mas também tinha gente séria fazendo trabalho importante. O repórter Edgar Morel denunciou mistura de água no leite das creches públicas, quando a falcatrua já ia longe e havia um monte de bebê desnutrido. O Montenegro se internou num hospital psiquiátrico, viu paciente nu se queimando sem perceber sobre laje fervente no sol. Enfermeiro do outro lado do pátio nem aí, jogando cartas com o guarda de plantão. Farinha e esses outros fizeram parte da primeira geração de grandes repórteres. Sem eles a cidade seria chata e falsa. Algo assim como um poema parnasiano, perfeito, fingido e sem alma. Eu fui a segunda geração. Nós forçamos o Rio a ver o Rio.

Três anos depois daquela noite de chuva eu conheci Matilde.

Quatro meses depois nós nos casamos.

Faz meio século, três meses e dois dias que ela morreu.

8.

Na manhã seguinte Joel desperta sentindo a presença de alguém. Abre os olhos e vê Glória ao lado da cama, pano de chão e desinfetante nas mãos.

— Você esguicha o Pinho Sol e passa o pano — ela diz, pondo os dois na mesinha. — Depois lava o pano com sabão de coco no tanque da área e pendura no varal.

— O que foi que eu fiz?

— Respingou no tampo da privada. Avisei para tomar cuidado. Eu estou lavando as suas cuecas por um favor ao meu sobrinho Leandro, mas xixi no tampo da privada eu não limpo.

— Não fui eu.

— Eu não tenho problema de alvo.

— Você não tem vergonha de fazer isso com um homem doente?

— Doente, não. Aleijado. E porque quis. Vergonha não tem você, de usar as suas partes como mangueira.

— Sabia que isso ia dar errado. Vou ligar para o Leandro — diz Joel sentando-se na cama.

— Nove, oito, oito, oito, meia, três, cinco, dois...

— Mais uns dias com você e vou ter que me jogar de novo por uma janela.

— Aqui do primeiro andar não mata. E aleijado você já é.

— Vou embora.

— Lave antes o tampo da privada — Glória avisa de costas, saindo do quarto.

Ele vai fazer a mala. Vai retornar o dicionário à caixa com outros pertences. A cúpula de vidro do abajur será embrulhada em jornal. Na ligação com Beatriz, Joel terá que falar grosso: ou ela paga a metade que lhe deve do apartamento, ou cede o segundo quarto. Ele antecipa a briga, Marceuzinho precisa de um lugar para dormir, dirá Beatriz. O garoto que se vire. Joel cresceu dormindo na sala e apanhando do pai. Dormir na sala e ter pai ausente é evolução. Joel abre o armário. Fecha o armário.

— Vou jogar gamão com Rodnei — ele informa, tabuleiro sob o braço.

Glória ignora. Está entretida, escrevendo num caderno de capa azul. Joel passa rente a ela no sofá e espicha o olho para as páginas. Glória fecha o caderno.

Ele sairá enraivecido. Baterá a porta atrás de si. Mas Joel precisa se apoiar nas muletas enquanto segura o tabuleiro e se dá conta de que é incapaz de virar a maçaneta.

— De nada — Glória diz, abrindo a porta.

No hall, Joel aperta dezenas de vezes o botão do elevador. A porta se abre e dois chiuauas avançam sobre as suas pernas.

— Calados! — grita Aracy.

Costas contra a parede, Joel usa a ponta da muleta para se proteger dos bichos. Aracy avança contra Joel.

— Vai ter que me atacar antes — diz Aracy.

Na portaria Joel senta no banco junto à mesa de Rodnei.

— Rapaz, que mulher insuportável — ele diz.

— Antigamente ela vivia com quatro cachorros. Dois Deus levou.

— Estou falando da Glória.

Rodnei sorri.

— Dona Glória às vezes fica um pouco chateada.

— Chateado fico eu quando o dia amanhece nublado. Aquela ali pediu o divórcio a Deus e está enrolando para assinar os papéis só para contrariar. Rodnei, vou te ensinar a jogar gamão.

— Posso não, doutor Joel. Doutor Carlos proibiu.

— Quem é esse Carlos, o síndico? Pode deixar que eu falo com ele. Vou dizer que o doutor colega dele, do hospital onde eu operei a vesícula, recomendou. Terapia ocupacional.

— É que jogo a minha igreja proíbe.

— Teu pastor nem sabe o que é isso. Esse jogo tem uns quatro mil anos. Até pecado inventaram depois.

Ele encosta as muletas na parede e senta no banquinho que Glória levou para a portaria há alguns anos. Abre o tabuleiro ao lado da mesa do interfone e posiciona as peças.

— Presta atenção — ele diz, chacoalhando um copo com dois dados.

Jogam pelo resto da manhã. Quando a porta do elevador se abre, Joel chacoalha os dados com fervor, para se for Glória ela sentir a dimensão do desprezo nos hábitos saudáveis de um homem de bem.

Ah, se ele pudesse. Por muito menos Joel havia saído de casa levando caixa, abajur e primeiro a mala verde com fivelas douradas (durou três divórcios, terminando como decoração no canto de sala de uma namorada rica, "peça maneira, tipo vintage", ela disse). Depois, a Samsonite vermelha de rodinhas, comprada no cheque pré-datado numa liquidação na rua da Carioca. Joel era nessas ocasiões o mais simples dos homens. Havia só dois caminhos, um certo e outro errado, certo sendo bater a porta dizendo, "Pode ficar com tudo, caralho".

Dormia no carro, na casa de um amigo, ou até o início dos anos 1990 no posto temporário que mais lhe agradava, o sofá no canto do salão das rotativas do jornal *O Globo*. Eram hiatos sentimentais, repletos de mágoas e incertezas, e no entanto quando se davam ele apreciava a consistência de uma vida dedicada apenas ao jornalismo. Não havia diferença entre o que era e o que fazia. Joel era feito de jornalismo, ele *era* o jornal.

Meses depois, novo começo com outra mulher. Que ele também apreciava, por um cangote, café passado, vasinho de planta, par de meias limpas e guardadas em bolinha na gaveta. Levava sempre o mesmo: as roupas nunca novas, dois pares de mocassim em sacos de mercado, uma caixa de papelão, o abajur. A mulher estranhava ver um homem tão masculino nos poucos pertences atarraxando uma lâmpada no meio da cúpula rosa. Por que um abajur, elas perguntavam, se ele nem tinha pijama? "Era da minha mãe", Joel respondia.

Ele aceita um pouco do café de Rodnei. É forte, doce e morno, com o gosto apurado pelo metal da garrafa térmica.

— Mandou eu lavar o banheiro — queixa-se Joel. — Eu, recém-operado, ainda me recuperando do tombo no hospital. Sem ninguém no mundo para cuidar de mim. Esta perna dói como se fosse inteira um tratamento de canal. A ciática me tortura. A azia me corrói. Diga lá se eu tenho condições de esfregar um boxe.

— Dona Glória então mudou — disse Rodnei. — Ela sempre fez questão de limpar a casa sozinha. Empregada só teve quando estava doente e porque a filha insistiu. Cláudia tinha se casado e queria uma ajuda para a mãe. Durou menos que um mês. Fim do expediente, a mulher saía do elevador dando graças a Deus. Dizia que quando chegava o apartamento já estava limpo. Não tinha muito para fazer, mas então dona Glória reclamava que ela não fazia nada. "Se eu limpo ela reclama e se eu não limpo ela reclama.

Essa mulher tá é doida", a empregada dizia. Numa tarde a empregada passou feito um petardo pela portaria, chamando dona Glória de bruxa. Depois desceu dona Glória arrastando um banquinho. Esse mesmo em que está o senhor. Sentou e ficou olhando o movimento da rua de braços cruzados. "Não sou bruxa", ela repetia baixinho. "Eu tenho tempo, perna e braço, eu que fiz a sujeira, por que não vou limpar?", dizia. Quando a Cláudia era pequena e brincava na frente do prédio dona Glória sorria mais. Ela se preparou para o senhor chegar. Disse que era um jornalista famoso, me mostrou sua foto no celular. Sobre o que o senhor escrevia?

— Miséria humana.

Rodnei balança a cabeça em respeito.

— Um trabalho bonito, esse do senhor. De mostrar as injustiças no mundo. E teve que estudar muito, foi? Para escrever as notícias?

— Demais.

Perto do meio-dia Joel volta ao apartamento. No elevador sente um leve cheiro de carne refogada, que se intensifica quando a porta sanfonada se abre, ele anda pelo hall e entra no apartamento. A sala está dolorosamente impregnada do aroma de uma boa refeição. Joel tem fome. Glória terá que implorar para ele comer. Implorar, implorar para ele comer. Joel vai para o quarto e se deita. Glória vai bater na porta, ele sabe que vai bater, ela vai bater na porta.

Glória bate na porta.

— Fiz carne assada.

Ele sabia. Elas sempre voltavam.

— ...

— Com molho ferrugem e batatas coradas. Feijão, refoguei hoje. Arroz fresquinho. Banquete, para esse teu estômago de avestruz. Vou deixar um prato na mesa. Vem logo, a comida está quente.

Joel decide esperar mais um pouco. Quando a dor da fome é insuportável ele abre a porta. Na sala Glória está concentrada, escrevendo no caderno. Ele caminha até a mesa e senta para comer. O telefone toca.

— Alô? — Glória diz. — Um momentinho. Joel, é para você.

— Para mim?

— Quem gostaria de falar com ele? É o Bruno — ela diz, tapando o bocal do telefone.

— Não conheço nenhum Bruno.

— Bruno da onde? Ah, pois não. Bruno da Kombi.

— Diz que eu não estou. Não! Melhor dizer que foi engano.

— Um momentinho que ele já vai atender.

Joel pega o telefone.

— Ele mesmo. Tudo indo, meu filho. Indo. Pois é. Tentei furar a fila mas fui barrado. Fiquei de castigo. Você me desculpe, eu não sabia. É uma hora que, você deve imaginar, a pessoa não está pensando nas consequências. Entendo. Pois é. Diga lá. Vai ser difícil, mas podemos tentar um acordo. Acertar um valor, eu tento pagar o conserto da Kombi a prestações. O quê? Dez mil reais? Rapaz, só se eu ganhar na loteria, mas no momento me falta até para raspadinha. Aposentadoria eu tenho, mas você vai ter que entrar na fila. É muita ex-mulher. Será que a gente pode negociar? Calma, Bruno, eu entendo. Mas eu não tenho. O quê? Eu não tenho. Pode cobrar o quanto quiser, eu pretendo morrer daqui a pouco.

Glória pega o telefone da mão de Joel.

— Alô, seu Bruno? Boa tarde. Aqui quem fala é Glória. Irmã do Joel. Por parte de pai. Que papelão, ligar para uma casa de família para cobrar de um suicida. De um maníaco depressivo. De uma pessoa completamente desequilibrada. O senhor conhece alguém que tenha se jogado de um prédio para contar como foi? Acontece. As pessoas enlouquecem. A situação do país também não ajuda. Tá todo mundo meio maluco. Aliás, nem sei como o senhor conseguiu esse número. Sei. Pois ele está sem condições de lhe pagar. Por favor, deixe meu irmão em paz. O quê? Mas que grosseria, seu Bruno. Quê? Mas que boca suja, seu Bruno. Pois sabe o que é o senhor? Sabe o quê? Um pum!

Glória desliga o telefone.

— Um pum? — Joel pergunta.

— Mal-educado! — ela diz para o aparelho.

— Um pum?

— Gente assim faz minha pressão subir.

Glória liga a TV e senta no sofá. O rosto tenso vai aos poucos relaxando. É um mundo particular e agradável que ela agora habita, xingamentos e acusações instantaneamente esquecidos.

O telefone toca de novo. Glória atende.

— Ele não pode atender. Ele *não vai* atender. Ele tem uma condição. Genética. Por parte de mãe. O psiquiatra explicou. Já tentamos uma porção de medicamentos, mas sabe como é, tem que ser a combinação certa. Falei. Falei porque tenho boca.

Glória silencia. A expressão indignada se desfaz, e ela coloca a mão no coração.

— Ai, meu pai… ai, meu pai… Demoraram para descobrir? Há quanto tempo ela está em tratamento? Vocês deveriam tentar uma operação espiritual. Na Taquara tem um centro bom. Eu não estou viva? Então. Meu filho, era toda semana, quimioterapia na terça e sessão espírita aos domingos. Esse tipo de doença nasce de uma tristeza da infância. Só de falar já me chegam lembranças terríveis. Claro que sei. Particular é caríssimo. Pode mandar entregar. Itacuruçá 28 apartamento 105. Isso mesmo. Glória Ramos. Mas fique tranquilo, vai dar tudo certo. Mande um abraço para a Tereza. Ela pode me ligar se quiser. Ajuda, meu filho, uma conversa.

Glória desliga o telefone. Está pensativa.

— O que foi que ele disse? — pergunta Joel.

— Que eu estava muito nervosa, ele havia ligado para resolver um problema e eu poderia ajudar.

— Só isso?

— A mulher está com câncer de pulmão. Dois filhos, Joel, eles têm. Meninos ainda pequenos.

— Para que ele pediu o endereço?

— Para entregar a intimação. Ele vai entrar com um processo.

— Contra mim?

— Contra mim é que não vai ser. Eu não me jogo nem em piscina.

— E você deu o endereço daqui?

— Eu ia dar o endereço de onde? Eu, hein.

— Benzinho, agora complicou.

— Eu não sou seu benzinho.

— Dona Glória, agora complicou.

— Eu não tenho medo de processo.

— Porque não é você quem está devendo. Agora eu não morri e vou para a cadeia.

Nada, absolutamente mais nada, poderia ser pior.

9.

Quando as primeiras notícias sobre a pandemia começam a aparecer na TV, isolam do mundo um homem e uma mulher, vivendo juntos e em quartos separados num apartamento nos fundos do primeiro andar de um prédio de pastilhas amarelas e pilotis na Tijuca.

Muitos anos atrás, quando a filha da mulher era pequena, havia na frente do prédio um lago com vitórias-régias e carpas laranja. O movimento harmônico das carpas e a beleza tranquila das plantas aquáticas davam ao prédio uma sofisticação original, colocando-o numa posição superior em relação aos outros prédios da rua. Esses outros também faziam bonito, contribuindo cada qual com seu jardim ou piso de mármore para um sentimento coletivo de elegância e elevação.

Uma pequena fonte jorrava do meio do lago. Era gostoso de ouvir e bonito de ver. Mas as pessoas da rua escarravam na água e jogavam guimbas de cigarro. Custava dinheiro e dava trabalho manter as carpas, mais de uma vez o porteiro se atrasou para atender o interfone porque estava tirando do lago um papel de bala. Reunião de condomínio virou bate-boca sobre o lago. Era um capricho, de alto custo, estava difícil para todo mundo, olha por onde vai a inflação. Foi quando roubaram as carpas de madrugada, ninguém sabe se para comer ou vender. O síndico então cobriu o lago com cimento e fez por cima um canteiro de plantas. As plantas nunca vingaram, segundo os vizinhos, por causa de uma caveira de burro enterrada ali, a mesma que aliás devia ter contribuído para o sumiço das carpas. O síndico morreu e o filho assumiu, trocaram a grama amarelada por espada-de-são-jorge, planta forte que afasta mau-olhado, a qual vingou. Isso foi na época do assalto aos apartamentos do segundo andar. Estacionaram um caminhão de mudança na frente do prédio e dali saíram seis ladrões de macacão cinza e pinta de trabalhador. Levaram de tudo. Logo depois os moradores mandaram colocar as grades entre os pilotis.

Neste ano de 2020 é preciso forçar os olhos para reconhecer a elegância do antigo prédio. Fazer sumir as grades, dar às pastilhas amarelas o brilho do novo, imaginar sob as pontas verde-escuras das espadas-de-são-jorge um lago arredondado de elegância modernista. Estender o olhar para os outros prédios da rua eliminando as grades, as janelas dos apartamentos apodrecidas ou enferrujadas, as cortinas encardidas e queimadas pelo sol, os vidros com resquícios de adesivos de marcas de surfe e roupas de grife dos anos 1980. O piso de mármore branco e o jardim bem cuidado resistem. Mas não são o que eram. São o que restou.

A decoração do apartamento segue o estilo classe média remediada, aprimorado em décadas de reveses econômicos e políticos. Móveis sem charme ou qualidade, comprados aos poucos e a prestação. Sofá de almofadas envelhecidas. Poltrona puída coberta por uma canga estampada. Era da filha da mulher, que saiu de casa para se casar e deixou no fundo do armário os pertences indesejados. Há no apartamento outros resquícios da sua passagem em objetos de uma infância distante. A bonequinha vestida como baiana, empoeirada e com feições mal pintadas, na quina da tábua de compensado sobre a banheira azul. Água-de-colônia Johnson, elásticos coloridos de cabelo, lençóis com estampa de castelo e fadinhas, jogos de tabuleiro, quebra-cabeças.

Na parede junto à mesa de jantar há seis pratos decorativos de porcelana azul. Há uma figa de madeira sob o batente da porta de entrada. Porta-retratos, e um aviãozinho de metal na estante, junto aos cinco tomos de um dicionário de plantas medicinais. Há um quadro de marina, "do meu irmão que era aquarelista", a mulher explica ao homem, na primeira semana de convívio. Quando o homem olha a pintura com barquinhos sobre um mar em tons de azul ele imagina o irmão da mulher, nem velho nem novo, com a camisa manchada de tinta, sentado no parapeito da praia da Urca e de frente para a tela no cavalete, declarando a cada pincelada um amor sem pretensões pela arte.

Na cozinha a geladeira precisa ser descongelada de tempos em tempos para eliminar a grossa camada de gelo grudada aos potes no freezer. Ela já foi consertada mais de uma vez e a cada cinco minutos solta um rugido de motoca junto às sanfonas com gás. A geladeira é pequena e estreita. O fogão é pequeno e estreito. O apartamento é pequeno e estreito, como centenas de milhares de outros no Rio de Janeiro. Há décadas imobiliárias espremem famílias em prédios altos. Uma estante, um passo, a mesinha de centro, um passo, o sofá, acabou. Dois passos e a mesa de jantar, dois passos e a cozinha. Na cozinha, só é preciso virar o corpo para se mover no triângulo pia/fogão/geladeira. Depois de um passo vem a área de serviço, coberta em dimensão por uma performance de Cristo Redentor. Um adulto de braços abertos toca o basculante e a porta do banheiro de empregada, enquanto encosta o umbigo no tanque de louça branca sob o varal.

É um apartamento comum, mobiliado ordinariamente, mas com o presente de um respiro na extensão de um pátio interno. Muitos anos atrás, havia no pátio vasos com samambaias frondosas e uma cadeira de praia ainda nova, onde a mulher se sentava para ver uma menina de cabelos encaracolados andar de velocípede. Hoje resta uma torneira sem uso pendendo de uma parede escurecida por mofo, e um vaso de barro lascado com terra seca.

Um homem e uma mulher, vivendo em quartos separados num apartamento nos fundos do primeiro andar de um prédio de pastilhas amarelas e pilotis na Tijuca.

Ele está sempre quieto. Ela vê televisão, escreve num caderno e se repete no telefone. Ele nunca passou tanto tempo no mesmo lugar. O mesmo lugar do qual ela nunca saiu.

— Em que você está pensando? — ela às vezes pergunta, quando se incomoda com o silêncio a dois.

— Em nada — ele responde, acariciando a barba branca como se fosse o dorso de um gato.

— Sei.

— No quadro que o seu irmão pintou.

Os dois contemplam a imagem de marina.

— No fim da carreira Pedro começou a ganhar dinheiro. Esse eu não vendo por nada nesse mundo.

Ela tem os olhos vivos e desconfiados. Ele está sempre com a cara miserável de quem foi traído no mesmo dia da demissão. Às vezes ele acha que ela o admira. Ele gosta. No início do ano, pouco antes de ele chegar, ela costumava deixar o apartamento de tarde para se sentar num banquinho junto à mesa do porteiro Rodnei. Ela falava com o porteiro, mas o porteiro não falava com ela. Depois se levantava e subia pelo elevador.

10.

Ele tinha visto mais de um homem agonizar a poucos passos de onde estava, segurando o bloco e a caneta. Eram mortes obscenas, desprovidas do simples recato de uma cortina separando os pacientes num hospital, ou da porta fechada de um quarto aquecido pela presença de quem se ama. As mortes que Joel tinha visto lhe pareciam, na ilusão do medo que experimentava, contagiosas. Baixava os olhos por nojo e respeito, e queria fugir. Havia também essa outra força, que o impelia a se aproximar do homem em agonia. Os policiais já teriam ido embora e Joel, atrás do barraco ou perto de um muro, sabia o que devia fazer. Ele deveria prender a caneta no bloco de notas para guardá-los no bolso da calça. Deveria colocar a cabeça suada e com sangue no colo. Ele deveria prover um consolo. Ele deveria.

— O que o meliante disse antes de morrer? — o chefe de reportagem perguntava.

— Ele estava morrendo. Queria silêncio.

— Mas tem que ter dito. Alguma coisa. Era só você e ele no barraco. O policial atirou e sumiu. Ele pode ter deixado uma mensagem para a mãe. Ou para a amante. Que foi que o meliante disse?

— O nome dele era José de Arimateia, vinte e um anos. Casado e com um filho.

— Que foi que ele disse para os filhos?

— O filho é só um e acabou de nascer.

— Mas você perguntou como ele estava se sentindo? Ele pediu perdão a Deus? Rezou pai-nosso, ave-maria?

— Um dos tiros atravessou o pulmão e deu embolia. Ele estava se afogando com o sangue.

— Caiu a matéria do assaltante gago, o seu espaço aumentou. Você tem meia página para preencher. Tem que lembrar. O que ele queria dizer no momento da morte?

— Adeus.

Joel nunca se aproveitou de um homem em agonia. Nunca usou o poder da palavra final para descrever o súbito arrependimento de um fora da lei no fim da vida. Não foram dele as reportagens de impacto com declarações convenientes, apuradas à revelia do morto para agradar os homens de bem passando os olhos pelas notícias no dia seguinte.

É um dos orgulhos da carreira. Arrependimentos ele também teve.

Quer que eu te conte outra? Rapaz, eu tenho tempo de sobra e muita vontade de evitar aquela mulher. Ainda mais quando a maluca dos cachorros aparece. É TV ligada, cachorro latindo e as duas batendo boca, Aracy dizendo que o vírus não existe. "Isso é conluio do Bill Gates com a China", ela diz. "Forças do mal, tramando para implantar um chip nas pessoas. É o que vai ter nas seringas", garante Aracy. "Um chip líquido." "Mas quanta estupidez", diz Glória, ao que Aracy responde ter fontes fidedignas.

"Inventaram o vírus num laboratório do Bill Gates", diz Aracy, e Glória pede para ela se decidir se inventaram o vírus num laboratório ou se ele não existe. E Aracy, "Você entendeu muito bem o que eu quis dizer". Glória diz que o que falta na vida de Aracy é pai e mãe, para cortar a internet e ver se assim ela para de ler besteira, ao que Aracy responde, "Papai viu disco voador quando era oficial da ativa. Sabia de uns quantos segredos e concordaria comigo. Estes são tempos sombrios de tramas macabras para derrubar nosso presidente".

Vamos para os anos 1970. Eu, homem-feito, repórter especial do *Jornal do Brasil*. Premiado. Troféu na estante, respeito dos colegas, dinheiro no bolso. Antes dos trinta e no topo da carreira, trabalhando no melhor jornal do país. Sair do *Luta Democrática* e entrar no *JB* foi como trocar a bermuda pelo smoking. O *JB* era feito e lido por gente bacana. A sede era num prédio exclusivo e solitário da avenida Brasil, ali perto da rodoviária. Era Brasil no nome e no endereço, Brasil na vista livre das janelas da redação, de um lado os containers, batelões e guindastes da baía de Guanabara, do outro a Leopoldina e o Centro. Prendia o crachá na camisa e me sentia o tal. Salário bom, nem precisava ter outro emprego, pagava as contas da casa nova com a Eliane, as prestações do Fusca e o colégio particular da garota.

Eliane foi… Eliane é… De todas as mulheres foi a que mais me cuidou. Me catou de chão de bar. Me arrastou para o boxe com roupa e tudo, ligou água fria. Limpou meu vômito. Secou choro na barra da própria camisa, perdoou mais de uma vez e muito mais do que devia. Por ela eu quis ficar sóbrio. Quando a gente passeava aos domingos pela Quinta da Boa Vista eu dava uns trancos no corpo para as fichas do AA balançarem no bolso da camisa e ela se orgulhar. Eu ganhava uma ficha por semana sóbrio. A garota e o garoto atrás. "Papai, eu quero um balão." Eu, "Toma o balão, toma algodão-doce".

77

Eliane não era que nem a Matilde, ninguém nunca vai ser como a Matilde. Mas era muito melhor que a Cristina. Essa me amarrou com trabalho de terreiro. A ordem é Matilde-Eliane--Regina-Cristina-Solange-Beatriz. Pera aí que falta uma... Bianca. Grã-fina, morava numa cobertura cheia de planta na Lagoa. Gamou na minha mala verde com fivela. "Mó estilo", ela disse. Sei. Vai carregar aquele trabuco para ver se calo na mão tem estilo, se costas com dor têm estilo. Bianca foi entre a Cristina e Solange. Boazinha, mas valia menos que um pedaço de unha cortada da Matilde. Ou da Eliane. Ou mesmo da Beatriz.

Eliane era, e ainda é, uma amiga. Eu saía do jornal bem tarde da noite, pegava o trem, caminhava oito quarteirões. Na rua escura era só a nossa casa com a luz acesa. Eliane me esperando na sala. Querendo saber se eu queria um copo de leite. Pronta para me ouvir. "Tá brabo", eu dizia. "Velhinho no banco de praça morto há dois dias, dedos comidos por ratos. Godofredo fez a foto, milico censurou. Disseram que vão reformar o asilo em São Gonçalo. E talvez reformem, no tempo lá deles, para os nossos filhos poderem usar."

A ditadura comia solta, mas apesar do regime, ou por causa dele, havia a esperança de que era passageiro, e em alguma hora iria melhorar. Acho que era por isso que eu ainda contava o meu dia para a Eliane. E porque eu era novo.

Então. Os anos 1970. Brasil indo pra frente mas só na superfície, para gringo ver e otário acreditar. Escrevi muita reportagem com umbigo de milico no meu ouvido, vendo com o canto do olho o trezoitão na cintura. Perspectiva é isso. E eficiência. A reportagem nem precisava ficar pronta para o milico cortar. Eu mesmo censurava antes de escrever. Parágrafos saíam comportados que era uma beleza, moldados pela mentira da omissão. E o milico ali. Averiguando se tudo estava dentro dos conformes, de acordo com a moral e os bons costumes. Querendo saber se a história era condizente com o bem-estar da sociedade. Sei. Nas décadas anteriores havia essa tendência do jornalismo cascata, espécie de bisavô das fake news. Também irresponsável e canalha, só que mais ingênuo e muito menos nocivo. Repórter exagerava para manter o emprego, vender jornal e agradar o patrão.

Com a ditadura deu-se o contrário. Repórter não inventava, mas notícia ruim era censurada justo porque era verdade. Era imoral, os milicos diziam. Eu me lembro de um surto de meningite que eles mandaram abafar. Teve a questão da venda ilegal de urânio para o Iraque, o esquema passou tanto tempo sem ser revelado que a essa altura deixou de ter acontecido. Montão de negociata para fazer a Transamazônica. Fui conferir, e um frentista desdentado num posto de vilarejo, posto sendo uma só bomba, e vilarejo uns dez barracos de madeira podre (um deles bar e puteiro), profetizou, "Isso aí que tão fazendo vai ligar a miséria do Nordeste à pobreza da Amazônia". Ligou? Porra nenhuma, porque nunca terminaram. Saiu no jornal? Só denunciaram o fracasso dez anos depois.

Era por aí. Mas com ou sem censura, as histórias da cidade prosseguiam. Havia um padrão nas ocorrências. Verão: temporais catastróficos, desabamentos e inundações, mortos e desabrigados, casos de tifo, febre amarela e peste bubônica. Carnaval: mortes passionais e homens de bem sofrendo enfarte devido aos excessos da festa. Junho: balões incendiando subúrbios e florestas, acidentes com os fogos de artifício. Julho ou agosto: reportagem sobre o dia mais frio do ano, com foto de indigente morto na rua sob o cobertor. Férias escolares: aumento dos casos de violência doméstica e abuso de menor. Dezembro: mês dos suicídios. Janeiro: mês das mortes naturais, dos velhos sem ânimo para o tranco de outro ano. Às sextas-feiras, malandro queria dinheiro no bolso para o fim de semana, e tome de assaltar banco e casa de bacana na Zona Sul.

Alguns assuntos ignoravam o calendário. Menino de rua, por exemplo. Mesma história, de novo e de novo. Fugiu de casa por causa de fome ou de surra. Era engraxate, mas o moço mau destruiu a caixinha. Fazia biscate na feira e roubava para comer. Pedia esmola mas o homem de terno chutava, então veio a raiva e começou a roubar. Assim.

Então, em outubro de 1978, acho eu, o chefe de reportagem disse:

— Levaram a carteira do meu cunhado ali perto da Bolsa. É outro bando de pivete, vai lá fazer reportagem.

Passei numa lanchonete da rua Buenos Aires, comprei a bandeja de salgados e seis garrafas de guaraná. Na hora de pagar, apontei as balas Frumelo do baleiro. "Quero todas, pode botar num saco." Segui pela Primeiro de Março até a Candelária, na direção contrária do monte de gente descendo dos ônibus para o expediente nos prédios da rua da Assembleia. Era primavera, dia fresco e de sol depois de um toró na madrugada.

O Centro ficava ainda mais bonito depois de um banho. As paredes dos prédios e dos sobrados se livravam da poeira encardida das válvulas de escape, o granito das marquises voltava a brilhar, as folhas das árvores retomavam o viço, o ar perdia o futum de lixo se decompondo, das fezes de gente e de bicho, e dos ninhos de rato e barata. Tinha ali uma ilusão de recomeço.

Totó me viu de longe, veio andando na minha direção. Vestia short.

— Oi, tio.

— Já disse que não sou teu tio.

— Faz tempo que tu não vem, tio.

— E vou vir pra escrever a mesma história? Leitor precisa esquecer que já leu sobre vocês. Então eu venho, escrevo de novo. Me disseram que vocês agora estão assaltando os aposentados que saem do Banco do Brasil da rua do Ouvidor. Aí a polícia vem e prende, dá porrada, tu já sabe como é.

— Dá porrada com a gente assaltando ou deixando de assaltar.

— Deixei meu número para quando você precisasse.

— Liguei quando levaram o Bidu. Chamou e ninguém atendeu, orelhão comeu minha ficha. Consegui outra, liguei e deixei recado.

— Quantos vocês são agora?

— Uns doze, quinze. Tem uns que vão e vêm.

— Me conte as novidades.

— Vou ser pai — ele disse, apontando uma menina dobrando um cobertor em frente a uma das portas fechadas da Candelária. Sobre o piso de pedras portuguesas as outras crianças dormiam amontoadas, corpo encolhido por dentro das camisas, os joelhos esticando o tecido.

— Que responsabilidade — respondi.

Totó ficou sério. Engoli uma saliva grossa. Menino que encara como adulto é errado.

— Achei que tu fosse viado — eu disse.

— Dei pra comer. Agora não faço mais. Também deixei de roubar. Tô ajudando um catador de papel na Carioca. Vou me mudar com a Patrícia para um sobrado abandonado no Buraco do Lume. Por dentro é bonito. Mais seguro que aqui.

De longe ele olhava a namorada. Rapaz, ali tinha amor. Totó nunca soube o que era um afago, e gostar de alguém assim, de um jeito que ele teve que inventar, fazia com que ele fosse muito melhor do que eu. Tá certo que eu tive uma infância horrível. Mas tive casa e tive minha mãe.

A menina grávida terminou de dobrar o cobertor. Estava desconfiada, mãos descansando na cintura.

— É o tio do jornal — gritou Totó.

81

Ela veio chegando, pernas finas, cabelos foscos, corpo emborcando para trás. Barrigão na frente parecendo muito errado, como se fosse, deixa eu ver, uma caixa-d'água. Sorriu mostrando os dentes cariados.

— Oi, tio, tu me consegue o enxoval do Fernando?

Fomos até as outras crianças. Abri o pacote dos salgados. Mãozinhas sujas com unhas encardidas cobriram a comida.

É assim que se conta uma história: escolhendo as peças que se complementam, não com a rigidez de um quebra-cabeça mas com as possibilidades das peças de Lego. A gente liga uma a outra peça, e faz algo maior, original.

Ficou bonita, essa história. Eu falava sobre uma cidade paralela de crianças mantendo-se à sombra dos arranha-céus do Centro. Totó e Patrícia, dormindo no salão outrora soberbo de um sobrado abandonado. Leitor adora opulência em frangalhos. Hoje parece piegas, mas naquela época a gente era mais sentimental. Foi capa do *JB* de domingo. Totó e Patrícia abraçados no topo da página, tarja preta e mequetrefe cobrindo os olhos dos dois, a boca com cáries e a barriga dela, imorais.

As cartas começaram a chegar na terça. Escala de opiniões ferrenhas, cada uma como os dois olhos da cara do leitor, intransferíveis. Um absurdo, diziam. Eu quero adotar. Eu quero processar o estado. Mata enforcado para poupar bala. Trabalhador quer botar o país em ordem, mas fracassa porque comunista protege pivete. Mês passado, minha mãe foi comprar pão e voltou sem aliança. Trinta e cinco anos de casamento estavam nos riscos daquele anel, senhor repórter, que a essa altura deve estar derretido para vagabundo cheirar cola. E o pior é que podia ser pior. Tia do conhecido de um amigo, cortaram o dedo para levar o anel de latão. Vizinha da minha prima, ameaçaram com a faca peixeira enquanto cortavam o cabelo para vender e fazer peruca.

Levei a reportagem para Totó e Patrícia. Levei também uma sacola da Sendas com as roupas de neném que estavam pequenas no meu filho (primogênito, que tive com Eliane. Dono de oficina em Cabo Frio. Não fala comigo). Li para os dois. Totó estava sério.

— Você deu o endereço da minha casa.

— Rapaz, agora tu é famoso. Ninguém vai se meter com você.

Patrícia reclamou da foto.

— Só aparece meus dentes feios.

— Defeito de impressão. Nos outros jornais saiu direito.

Pelas frestas das tábuas cobrindo os janelões apodrecidos do sobrado chegava o zum-zum-zum das pessoas na rua e os gritos de um camelô vendendo elixir para os nervos.

Ele está de olhos fechados no chuveiro, água morna caindo sobre o rosto. Ouve uma batida na porta.

— Meu chuveiro não é cachoeira — Glória grita.

— O quê?

— Meu chuveiro. Não é cachoeira.

— Eu estou lavando a cabeça.

— Você só tem uma.

Ele era tão novo. Quando fez a reportagem sobre Totó. Glória bate de novo na porta.

— Se não sair por bem vai sair por mal.

— Você vai arrombar a porta?

— E ter ainda mais despesa e aporrinhação por sua causa? De modo algum. Eu sei abrir pelo lado de fora.

— Você quer é ver homem pelado.

— Com pentelho branco? Ha! Só se for para me assustar. Dispenso. Aracy me deu de presente o calendário dos bombeiros de sunga.

— Eu sei que você gosta de me ter por perto. Acorda e passa batom. Disse para sei lá quem no telefone que eu era "muito bem-apessoado". Eu não nasci ontem.

— Nasceu antes de antes de anteontem. Já está mais para lá do que para cá. Sai desse banho — ela diz, esmurrando a madeira.

— Só se for para os seus braços, meu amor.

— Eu vou desligar o aquecedor.

Ah, se ele soubesse. Se pudesse ter feito diferente. Tantas vezes Joel refez a lembrança, as peças de Lego imaginárias formando a narrativa ideal. Como ele queria ter tido coragem. Joel abre os olhos, confere os frascos de xampu, escolhe um Neutrox e derrama sobre os cabelos.

11.

Por volta das cinco Joel se equilibra nas muletas e senta na cadeira de praia capenga no meio do pátio. Inclina-se e acompanha os apartamentos dormentes durante o dia acordarem por meio das TVs e chuveiros ligados, dos ruídos e aromas das cozinhas. É uma confraternização inconsciente, acompanhada por Joel no tempo sensível da velhice e da doença e acentuada pelos dias atípicos de um longo abril em pandemia.

Por volta das sete ele dobra a cadeira e volta para dentro, senta-se de frente para o quadro da marina. Glória, banho tomado e cabelo úmido, exalando o cheiro honesto do sabonete verde-pistache, diz que o noticiário vai começar.

— Prefiro pensar na vida. A TV acabou com o jornal. Hoje em dia quase ninguém lê.

— Nem você. Eu assino e você ignora. O jornal fica aí, em cima da mesa.

— Jornal eu dispenso porque já sei o que vai sair. TV eu dispenso porque não gosto. Hoje tem mais repórter estudando pra concurso que nas redações. Tudo por causa da TV.

— O neto da Aparecida está estudando comunicação. No início do ano ele veio me entrevistar para um trabalho da faculdade. Algo sobre memória, ou negligência da memória? Alguma coisa assim. Foi a Aparecida que sugeriu, ela disse ao garoto que se ele quisesse saber do passado era só olhar meu apartamento. Aqui a única mudança foi eu ter encolhido e por isso o apartamento parecia maior. Repetiu isso para mim no telefone, achando engraçado. Desaforo, se eu fosse mais nova respondia à altura. Antigamente eu gritava mais. Diria para a Aparecida que era melhor ficar no passado do que ter nariz arrebitado aos setenta. Ela era mais bonita antes da plástica. Fez o mesmo com o apartamento, arrancou os tacos do chão, botou granito. A gente acha que está andando num shopping, aí esbarra na poltrona verde-musgo e se dá conta de que não saiu do Maracanã. Apartamento medonho em prédio medonho. Tudo o que fizeram com mais de dez andares é errado. Cidade pavorosa, vai no pátio e olha para cima. Cada prédio desses, com menos carisma que cera de depilação, é um dane-se que a construtora deu à cidade. Mas como eu ia dizendo, o neto da Aparecida veio me entrevistar. E o rapaz tinha algo, uma atenção silenciosa, que me fez querer falar.

— Não me diga.

— Pois é o que eu estou lhe dizendo, justamente, neste momento. Ora. Algumas pessoas, raras, perguntam com interesse. A conversa flui. Você também é assim.

— Eu desisti de saber dos outros.

— Você é mais velho, mais feio, azedo e cansado. Mas é curioso.

— Sei demais para ser curioso.

— Não sabia o que eu tinha no gabinete do banheiro. Tanto que fuxicou tudo. Mas então. O rapazinho nesta cadeira, se mostrando interessado. Colocou o telefone para gravar. Eu fiquei nervosa, disse que precisava de guia. Ele disse, "Se eu te guiar, não vai ser só a sua memória que vai me contar. Vai ser também o meu jeito de te ver". E não é que era verdade? Se eu dissesse o que eu queria, em vez do que ele queria saber, o que eu diria seria mais cheio de mim. Falei pelos cotovelos. Mas por que eu estou lhe dizendo tudo isso? Lembrei. É que o rapaz, com o dom da escuta e vocação para repórter, vai terminar como um desses jornalistas sem trabalho. Isso porque... ele tinha uma tatuagem.

— Para de sussurrar.

— Ninguém está sussurrando. Esse é o tom da minha voz, um pouco mais baixo. Começava em cima do muque. Descia pelo cotovelo e abria um bocão de serpente nas costas da mão. E quem vai dar emprego para um rapaz assim, que parece usuário de tóxico? Mesmo que se redima, e use terno, a língua vermelha da serpente vai sair pelo punho da camisa, como se fosse, assim, bandeirinha de são-joão. Rapazinho com uma cara tão boa. E se um dia ele quiser apagar a tatuagem vai ficar com uma marca horrível. Eu sei porque vi na televisão, um programa sobre tatuados arrependidos. Tinha outro desenho saindo pela gola da camiseta até a metade do pescoço. Verde. Parecia o Pico da Tijuca. É claro que eu não ia dizer nada. Só depois, quando acabou a entrevista e senti haver espaço eu perguntei sobre a mancha verde. Ele disse que era uma tatuagem em homenagem ao pai. "Com escamas?", perguntei. "É um dragão", ele disse. "Mas, meu filho", respondi. "Há tantas formas de se homenagear um pai. Escreve um cartão." Ele riu e me olhou de um jeito... Desse jeito mesmo, que você está olhando.

— Vou voltar para o pátio.

— Estou para jogar fora a cadeira de praia. Não senta de novo, Joel. A madeira está podre, vai desabar.

Ele caminha até o centro do pátio, abre a cadeira de praia e senta.

— Se você colocar o dedo na dobra da cadeira pode decepar — Glória diz.

Joel sorri, satisfeito com a preocupação.

— Aconteceu com o filho de uma amiga. O menino se estabacou no chão e depois do susto descobriu a falta de um dedo. Eu só sei que ela chegou no hospital com o filho no colo e o dedo num saco de gelo.

Ele estica as pernas, deixa o corpo pesar na cadeira, contempla o quadrado de céu.

12.

Era um domingo. Eu estava na escuta do jornal, rádio sintonizado na estação das delegacias. O telefone tocou.

— Alô?

— Bom dia, meu amigo.

— Rosa Vermelha. Há quanto tempo.

— Eu estava de férias. Fui com a família para Lambari.

— O que há de novo?

— Azia. Sem dormir por causa da queimação. A patroa acha que é úlcera, marcou consulta no hospital de Bonsucesso.

— Tem que ver.

— Desconfio dos médicos. Vão querer me abrir. Fico nervoso, a patroa vai comigo. Bora trabalhar, amigo.

— Manda.

— Três presuntos, na estrada do Catonho.

Agora. Para explicar o Rosa Vermelha e três corpos numa estrada do subúrbio eu vou ter que estender a conversa e falar de como o Rio de Janeiro cresceu desde os tempos da colônia: de qualquer jeito e para tudo quanto era lado, muito rápido e sempre mal. Quanto mais a cidade se expandia, com palacete, rua larga, parque, mirante e tal, mais gente sobrava, e quem sobrava era justamente quem fazia a cidade crescer.

O Rio foi ficando bonito mas também inchado, havia mais gente do que cidade. E gente pobre. Primeiro milhares, depois centenas de milhares, e então milhões. Eles se ajeitaram nas palhoças do Brasil colônia, arranjaram-se nos cortiços da República, foram enxotados do Centro com as reformas urbanas, criaram as favelas, inventaram os subúrbios.

Esse povão compunha a essência das reportagens policiais. Crianças acorrentadas ao pé da mesa enquanto os pais saíam para trabalhar. Jovens violentadas, mortas ou desaparecidas. Amantes e esposas assassinadas. Trabalhadores que caíam dos trens e dos bondes lotados. Trabalhadores que se jogavam sob os trens. Famílias que tudo perdiam nos incêndios suspeitos nas favelas. Descendentes de escravos, retirantes fugindo da seca e do latifúndio, imigrantes europeus. Órfãos e viúvas, meninas defloradas e abandonadas. Velhos sem força para o trabalho, desequilibrados e deficientes. Gente com nada ou quase nada, mas que fazia filho e ficava doente, ocupava espaço, precisava comer, se vestir e morar.

Era a ralé, que em vez de ser entendida como sintoma de uma cidade doente, cidade precisando de remédio e tratamento, foi vista como sujeira a ser limpa. Lacerda, governador da Guanabara dos anos 1960, limpou. Montou uma força especial, a Invernada de Olaria. Esse grupo fazia uns servicinhos para o governo, do tipo sumir com os mendigos afogando no rio Guandu. A Invernada deu origem ao Esquadrão da Morte, que auxiliava o trabalho da polícia matando os que estavam sobrando e incomodando.

O Esquadrão se formou e se impôs. A gente viu e deixou. Como se fosse normal prender sem motivo ou mandado, torturar e fazer desaparecer. Pessoal em casa lendo a notícia de mais outro corpo desovado na avenida Brasil, virando a página para ver o resultado do turfe.

Rosa Vermelha era o relações-públicas do Esquadrão da Morte. O cara com intimidade para ligar para a redação e dar as dicas de quem eles tinham eliminado. Eu aceitando, como se fosse normal. Dizendo, "Toma leite, Rosa, para a dor de estômago". Ele, "Rapaz, vou tomar. Matamos três. Tá aqui o endereço, vão lá tirar a foto, escrever reportagem".

E a gente ia. Agindo sem pensar além dessa linha de produção macabra. Fazendo parte da linha de produção. Quanto mais a polícia paralela se organizava, com esquema de matar e avisar aos jornais, mais a cidade se calava e consentia, se desorganizava e afundava no caos.

Até a morte número cem eu contei. Disse que tinha que escrever sobre isso, sobre a centésima vítima do Esquadrão. A chefia não quis. Então eu perdi a conta, todo mundo perdeu a conta.

Nada pode ser pior para uma cidade do que perder essa conta.

Mas vou dizer, eram tempos difíceis (se bem que eu desconheço tempo fácil). Ditadura comendo solta. Gente saindo de casa pela manhã e nunca mais voltando. Morador perto de quartel reclamando do barulho, era grito do pessoal sendo torturado. Eu tinha dois filhos, todo mundo tinha dois filhos, e uma mulher do ladinho na cama. Algum dinheiro na poupança, para quem sabe mais adiante comprar um terreno na serra. Vontade de ir a uma festa junina, de passear aos domingos na Quinta da Boa Vista. Querendo viver bastante, para poder conhecer um neto. Essas ilusões bonitas, que fazem a gente seguir. Apesar de tudo, e principalmente por causa de tudo, era preciso proteger essa felicidade simples, os detalhes que fazem a gente acreditar que a vida vale a pena.

E nos tornamos dóceis. Por comodismo, necessidade, hipocrisia e imposição. A gente foi se acostumando com a violência, e só de vez em quando se assusta.

Ontem mesmo. Saí do pátio, passei por Glória na frente da TV, tapando a boca diante da notícia de dezenove mortos pela polícia numa favela. Tiro nas costas. Tiro em menor. Tiro em pedreiro. Tem sempre um pedreiro na hora e no lugar errado. Aliás, pedreiro carioca já nasce na hora e no lugar errado. Ela encara a tela chocada, e está ali e em retrospectiva, tentando ligar o que sabe sobre o Rio à imagem da sala com sangue no chão e uma estante com vaso de planta e porta-retratos com foto de criança. A foto incomoda, é um afeto estranho à cena, um desejo por dignidade, anterior.

Eu sei quando tudo começou. Com o Esquadrão da Morte nos anos 1960. Com incêndio suspeito em favela, e o povo enxotado para os subúrbios. E antes disso, com Filinto Müller, torturador do governo Getúlio, que treinou os policiais do Esquadrão da Morte, que treinou o pessoal das milícias. E muito antes, com capitão do mato torturando escravo, negro açoitado no pelourinho. São vários os começos.

E tem este dia. Quando o Rosa me liga. "Passa lá que a reportagem tá pronta."

Eu já estava meio gordo. Já tossia com pigarro renitente, eram dois maços por dia, ou maço e meio em dia tranquilo. Já havia decorado o roteiro de uma reportagem policial, sabia o que veria e sobre o que iria escrever. Essa era pauta recorrente, rápida e fácil de fazer. Queria chegar em casa cedo para dar atenção à patroa, Eliane quebrou uns pratos porque fui matar saudades da ex. Perdi a hora e só cheguei de manhã. Não sou de ferro.

Chamei o fotógrafo, montamos no jipe Aero Willys, seguimos pela avenida Brasil.

Já ia dar meio-dia. Estava quente. Calor, no Rio, é como a pobreza. Quanto mais para dentro, pior. É assim, como se Deus colocasse uma lupa entre o subúrbio e o sol, só para ver o povão queimar. Não havia trânsito. Um vento morno circulava pelas janelas abertas do jipe. Pendendo por uma cordinha sob o espelho retrovisor, uma Nossa Senhora Aparecida com véu de purpurina balançava. Por dentro eu treinava o discurso que faria a patroa voltar a sorrir. Noite adentro de carinho, seria bom.

Então o motorista diz:

— Olha ali atrás do caminhão.

— O que é que tem?

— Atrás do caminhão com as galinhas. O Opala escuro, batido no canto. É o carro do Perpétuo.

Perpétuo de Freitas. Forte e atarracado, com carequinha de frade, peludo de ter pelo encravado nas costas da mão. Um dos homens do Esquadrão da Morte. Dirigia um Opala porque a mala era grande, cabiam dois corpos. O motorista acelerou e emparelhou com o carro. Buzinou. Perpétuo, óculos escuros e cotovelo para fora da janela, sorri.

— Isso que é competência. Chegaram antes da notícia. Vão ter que esperar para ver os presuntos.

No banco de trás do Opala, três meninos. Junto à janela próxima ao jipe, Totó me olhou.

Ele não me olhava com raiva ou angústia. Totó me olhava. Aceitando e entendendo a parte que lhe cabia na crueza do mundo. Essa crueza maciça, que para absorver a gente precisa botar umas lentes, usar eufemismos, fazer aos poucos. Tentei virar o rosto, mas não consegui. E me vi refletido no olhar do menino. Eu era a pior parte da crueza. Eu era parte da causa. Totó era a consequência.

Já ia dar meio-dia. Um vento quente atravessava as janelas do jipe. A imagem de Nossa Senhora Aparecida no retrovisor balançava. O rosto bonito de Totó continuava na altura do meu. Os olhos dele, pousados nos meus.

Motorista do nosso carro, que nem cavalo com antolhos. Olhando para a frente, e só. O fotógrafo começou a assoviar modinha de amor. Ele fazia assim quando estava nervoso. Com o tempo eu também aprendi a cantar. Por dentro, para parecer menos errado. Canto "Alvorada" do Cartola, repito a letra de novo e de novo.

— Tô precisando parar numa lotérica — disse o fotógrafo. — Quero fazer um jogo.

O Opala acelerou. O jipe pegou a direita. Entramos por uma rua esburacada. Quatro moradores asfaltavam a calçada. O Rio vai se diluindo pelos subúrbios e o poder público se dilui junto, quem quiser urbanismo que faça, bote a mão no cimento.

Mais adiante, o comércio local. O fotógrafo saiu do carro e entrou na fila da lotérica. Voltou e seguimos.

Quando chegamos, Perpétuo já havia ido embora. Totó e os outros eram três corpos.

Saímos do carro. O fotógrafo levou a máquina ao rosto. Eu não me mexi. Vomitei em jato. Formigas graúdas avançaram sobre o vômito. Formigas graúdas avançavam sobre os corpos dos meninos.

Até hoje eu sinto a mesma pancada no coração. E me pego querendo lembrar diferente. Vemos o carro de Perpétuo, eu coloco o rosto para fora da janela e grito para ele soltar os meninos. Digo que a reportagem não vai ser sobre os três presuntos na estrada do Catonho, mas sobre o cagalhão assassino de menor que só conhecia a valentia emprestada pelo dedo no gatilho. Digo que fizemos a foto dos meninos vivos no Opala, e que se eles sumissem a gente publicava no dia seguinte, para a família dele ver.

Perpétuo me olha, assim como eu olho para mulher quando ela pede a separação. Sem acreditar. Ele acelera mais um pouco mas só de pirraça, baixa a velocidade e para no acostamento. O jipe atrás. Ao lado carros passam zunindo. Ele sai do carro puto e vem me peitar. Diz uns desaforos que eu mal escuto, os respingos de saliva de Perpétuo me incomodam e distraem. Eu experimento o prazer dos bons no poder de abalar um homem do Esquadrão. Perpétuo volta ao Opala. "Tem uma faca no porta--luvas", ele diz, "para cortar a corda das mãos. Vou mijar. Quando voltar quero meu carro vazio." Os três meninos se libertaram e saem correndo, um deles quase é atropelado por uma Variant. Motorista xinga, os meninos nem aí. Correm e somem pelas ruas do subúrbio. Totó se vira para me olhar. Está sorrindo.

Em outras versões Perpétuo soca meu rosto e eu perco um dente. Ou eu caio na porrada com ele, fotógrafo e motorista tentando apartar. Ou brigamos todos, motorista e fotógrafo do meu lado. Eu sou demitido, sou torturado e desapareço. Mas em todas as versões eu grito.

Eu coloquei o endereço de Totó na reportagem. Eu dei o serviço para o Esquadrão. Coloquei por vaidade, para o texto ficar elegante. Porque seria agradável para os leitores ler sobre as flores desbotadas na parede com reboco aparente, seria interessante imaginar em detalhes a vida atípica e romântica de um casal de adolescentes abandonados em pleno Centro do Rio. Colchão de palha junto a um corrimão de jacarandá, fogão de tijolos empilhados na cozinha onde se faziam banquetes na época do imperador. Fiz por capricho. Eu havia posto Totó no banco de trás do Opala de Perpétuo.

Ele era um menino. Que eu vi crescer nas ruas do Centro como um experimento. Entrava o ano e eu pensava que seria o último, Totó sumiria como os outros. O que eu sabia dele era pouco para virar notícia. Vivia com a mãe e oito irmãos num barraco da Rocinha. Chovia e alagava, a cama e os bancos boiavam. Foi um ano para a escola. A letra era feia, os irmãos menores sujavam o caderno, rasgavam as folhas. O lápis quebrou. Me contou sobre um livro que estava lendo, com um castelo. Levaram o livro antes que terminasse, os alunos da outra turma tinham que ler. Numa noite choveu forte e o barraco desabou. A mãe tentou jogar os filhos do viaduto. Foi biscateiro, catador de papel, engraxate e trombadinha. Piolho e unha encardida, as pernas fininhas. Marcas escuras de cigarro aceso na pele do braço. Perguntei quem tinha feito, ele desconversou. Tomava banho na Fonte da Carioca. Comia os restos de almoço da Leiteria Mineira. Cobertor cinza, travesseiro de estopa, chinelo de dedo. Cheirava cola. Os dentes ainda eram bonitos. No Centro ele me disse: quando eu crescer, vou ser policial. Não vou bater em criança.

13.

Na manhã seguinte quando Joel acorda o apartamento está em silêncio. Ele sai do quarto e anda até a sala vazia. Atravessa o corredor até o quarto de Glória. A antiga cama de vime pintado de branco está coberta por uma colcha de piquê. A luz forte de um céu sem nuvens entra pela janela entreaberta que dá para o pátio. Ele retorna para a sala, segue até a cozinha, vai até a área de serviço, volta para a cozinha.

Está sozinho.

Ele tem pouco tempo. Será um segredo, como foi outras vezes, um segredo e um mimo, ele merece. Pela incerteza da pandemia e pelo fracasso da queda, por ser brasileiro e por ter sido repórter. Porque nada deu certo e tudo estava uma porcaria.

Ele só precisa de um gole, de um ou de dois. Glória não vai saber. Questão de completar a garrafa com água, se acaso tomar o terceiro. Ela não vai descobrir. Para o hálito não entregar o deslize, ficará calado. Será fácil, ela fala pelos dois.

A pressa é imensa. Ele abre os armários e a geladeira. O coração permanece acelerado, por expectativa e ânsia de prazer, pela transgressão e pelo medo da descoberta. Ele procura o velho e empoeirado conhaque, presença certeira no fundo dos armários das cozinhas brasileiras. Joel já teve duas ou três ou quatro cozinhas, com conhaques e mulheres que por capricho e frescura acresciam aos doces e bolos um tico de álcool. Uma colher era dose que nunca entendeu. Como elas só colocavam um pouco. Como guardavam a garrafa sem provar. Um tico de álcool, ele quer e precisa, um tico como esse pouco que elas botavam nos doces. O conhaque seria barato e teria décadas, mas não seria um problema. Não havia sido antes.

Tudo é velho dentro dos armários de Glória. Recipientes de plástico fosco, panelas batidas, xícaras lascadas, latas enferrujadas, pratos de pirex alaranjados, marcados por riscos de faca. Ele não encontra o conhaque. O peito se aperta. Glória vai chegar, o conhaque tem que aparecer. Onde raios a velha enfiou o conhaque. Conhaque ou rum, é certo que existe em todas as casas. Talvez na sala, talvez na área. Joel está entre o rodo e a vassoura no quartinho de empregada. Abrindo as portas do pequeno armário. O coração acelera, a boca está seca. Beber nunca foi tão urgente. É sempre urgente, mas nunca foi tão urgente como dessa vez que é muito urgente, quando ele precisa beber.

É quando vê na quina do quarto a garrafa de cachaça, o líquido translúcido até a beira do gargalo. As mãos de Joel tremem, a boca saliva. Ele sente alívio e alegria. Dessa vez seria diferente. Dessa vez ele vai apreciar o cheiro e degustar o álcool, sentir o prazer da queimação na garganta. Dessa vez ele vai parar, ele vai *saber* parar. E se sentirá como os outros, sentirá que pertence.

Já faz tempo que não abre uma garrafa e prepara uma dose, mas ele sempre saberá o que fazer. Pega a garrafa, decide inútil o uso do copo, abre e toma no gargalo o primeiro gole. Ele toma o segundo. A garganta arde, o coração descansa. Ele tem sede.

O corpo relaxado escorre pela parede. Joel se ajeita com as pernas estendidas no chão do quartinho de empregada. Dá outro gole, descansa a cabeça na parede, fecha os olhos em alívio. Abre os olhos, dá outro gole.

Velha cretina. Cheia de mania. Desde que se mudou Joel não teve um segundo de paz. Manhã, tarde e noite, era a voz de Glória e a TV ligada, e às vezes também a de Aracy elogiando o presidente. E as duas brigando, e os chiuauas latindo. Ele merece descanso e silêncio. Ele é trabalhador e tem direitos. Glória entrando pela porta, ele diria que a banda iria tocar de outro jeito. "A banda vai tocar de outro jeito", Joel diz. "A senhora e eu temos que fazer uns ajustes." Capaz de Glória lhe retornar um desdém, e então ele não responderia por si. Se tem algo que tira Joel do sério é desprezo de mulher. Elas instigam, e depois dizem que doeu. Se tem algo que tira Joel do sério é mulher querendo saber se ele é homem. Ele pode provar que é homem. Só puxar o cabelo, chegar bem perto, dizer com calma e controle que se gritar é pior. Ele aprendeu a bater sem fazer barulho. Ele ensinou as mulheres a apanhar em silêncio. Questão de justiça, elas também têm que sofrer. Pela vida tranquila, pelo conforto doméstico. Quisera ele viver sem sobressaltos. Sem ter que sair pelo mundo se fodendo e vendo os outros se foderem. Podendo passar os dias na paz de um lar. Ele tinha visto de tudo, a ele nunca ofereceram essas viadagens de psicologia. E ainda assim elas reclamam. Quando Glória chegar, vai saber o que é bom para a tosse.

Metade da garrafa já se foi. Joel se levanta e deixa o quartinho. Atravessa a sala e decide se fazer à vontade na poltrona coberta com a canga.

— Cuidado para não esgarçar a canga da Cláudia — ele diz, imitando a voz de Glória.

Joel desaba o corpo e ouve o risco do tecido se rasgando.

O rasgo o deixa satisfeito. Na mesa em frente, está o caderno em que Glória escreve.

A raiva se dissipa, e Joel sente a surpresa de um afeto. Um querer bem a Glória, pela disciplina e ingenuidade ao escrever o que nunca será importante. Ele, com tanto para contar, só escreveu textos repletos de jargões e lugares-comuns, impessoais e domados, os textos limitados pela armadura dos jornais e interesses dos donos. Os textos passageiros. Joel poderia ter preenchido dez, vinte, cem cadernos como aquele. Poderia ter dito mais e de outra forma e melhor. Mas de que adianta ir além, se nem num único caderno ele foi capaz de escrever.

Ele é um merda. Joel nunca escreveu como poderia. Nunca registrou. Ele só disse, palavras perdidas no ar abafado e estático das madrugadas de verão nos botecos do Rio, quando a única brisa vem do bater de asas das moscas.

A garrafa está quase no fim. Ele está quase no fim. Precisa partir, não pelos arrependimentos, ou pelos erros, mas porque é insuportável. Joel só quer eliminar a dor. Livrar-se da vida é como tomar o comprimido correto.

Ele volta para a cozinha e de novo precisa ser rápido. Abre a porta do forno, e encontra um pacote de padaria com pão dormido, dois tabuleiros de bolo com o metal fosco e amassado, uma panela com óleo usado. Transfere o conteúdo para a pequena bancada. O pulso fraqueja quando pega a panela, o líquido espesso e pegajoso se derrama sobre o peito. Xingamentos para si e para o mundo, panela batida contra a bancada de mármore. A bancada se racha. Ele não quer partir besuntado de óleo escuro, cheirando a fritura velha.

Joel se equilibra nas muletas, anda até o banheiro, tira a roupa e se enfia sob o chuveiro. Tensiona os ombros sob a água fria, sai do boxe e senta sobre o tampo do vaso de braços cruzados, esperando a água esquentar. Banheiro envolto em vapor, ele entra de novo no boxe. O sabão usado está quase no fim, Joel derrama sobre si meio frasco de xampu e se esfrega com empenho. O óleo demora a descolar da pele. O gesso da perna começa a se desfazer, formando uma água leitosa que escoa pelo ralo. Joel desliga o chuveiro, pega as muletas e a toalha, se enxuga com pressa. O gesso está molhado e amolecido. Ele coloca o peso do corpo na perna quebrada. A dor é suportável, o álcool deu-lhe outras prioridades. Vai até o quarto, veste-se com a calça de tergal e a camisa de botão. Não havia planejado, mas gosta de saber que morrerá nos trinques. De cabelos molhados, deixando atrás de si o rastro branco do gesso desfeito e um forte cheiro de capim-limão, Joel volta para a cozinha.

Não seria, como ele havia desejado, a morte ideal sob os auspícios do Cristo Redentor. O arremesso eficaz, ignorado por turistas de sorriso congelado para a foto de grupo. Mas era morte, e Joel, alma escancarada na apatia do rosto sem cor, conclui que matar-se numa cozinha decadente na Tijuca era mais condizente com sua trajetória do que jogar-se do Redentor.

Ele se agacha e escorrega o corpo pelo chão da cozinha. Os pés tocam a porta do gabinete. Precisa ajeitar-se com as pernas dobradas, mas é impossível, mesmo com o gesso amolecido pela água. Ele insiste, os braços escorregam e a perna quebrada se choca contra o armário.

Ele grita e se arrepende. Geme baixo, a cada respiro. Imagina a perna como um tablete de chocolate quebrado, chacoalhando dentro da embalagem. Sua frio, controla a respiração, e liga com a mão tremente o gás do forno. Tenta encaixar a cabeça sobre a bandeja, mas a bandeja está no nível mais alto.

Ele retira a bandeja do forno e ajeita a cabeça no interior. O cheiro enjoativo e asfixiante de gás mistura-se ao de comida velha e de aço curtido. A posição é a de um homem na praia, cabeça elevada como em montinho de areia, uma perna esticada e a outra dobrada e aberta para bronzear o interior da coxa. Olhos fechados, mãos no peito, algum desconforto na nuca. O gás nos pulmões, entrando e saindo. Ele tem a impressão de que cochila. E se vê num último passeio pelo Centro do Rio.

Noite de lua cheia, e ele anda na Presidente Vargas até a Rio Branco. Passa pelas portarias sob as marquises dos prédios comerciais, pelas grades escuras protegendo as lojas, restaurantes e lanchonetes. Pela lateral dos prédios com paredes pichadas, tapumes com cartazes desbotados anunciando um show de axé. Há luzes esquecidas acesas, iluminando andares de arranha-céus. Há carrinhos de burro sem rabo estacionados nas ruas transversais. Uma ou duas bancas de jornal, as últimas, como relíquia. Ele segue pela calçada de pedras portuguesas da Rio Branco, junto às árvores enfileiradas da Candelária à Cinelândia. É o Centro de agora, mas ele quer que seja o Centro de antes. Antes é o outono de 1963. O último prédio art nouveau. O último prédio art déco. Prédios de vidro fumê. Tristes blocos de concreto sem estilo aparente, com janelas vedadas e marquises escurecidas pelo tempo. Um rato ou barata atravessando o caminho. O cheiro de lixo, urina, trabalho e esgoto diluído pela brisa do mar vinda do porto, da praça xv e da Cinelândia. O cheiro de gás.

Ele se despede das mulheres que parecem ser a mesma, dos filhos que são o mesmo. Da massa humana produtora de histórias, que se acredita singular nas narrativas. Ele foi um grande repórter. Eu fui um grande repórter. Conheço o Rio como as pessoas conhecem o contorno das unhas. Comecei no *Luta Democrática* há mais de meio século. O jornal contou muita cascata, serviu de palanque para o dono criminoso, mas qual jornal no Brasil não foi parcial ou panfletário? Ainda assim, ali tinha verdade. Isso faz tempo. Eu sou da época em que o arco-íris era preto e branco.

Já te falei sobre os alagamentos? Família no barquinho atravessando a praça da Bandeira? Fotógrafo empunhando a máquina para a foto, pessoal acenando e sorrindo? "Brasileiro tá sorrindo até quando vai à merda", Godofredo disse. Já contei sobre os asilos, presídios, hospitais, orfanatos? Sobre a vedete feita faquir, criadora de cobras num edifício da Beira-Mar? Teve filho ainda menina, dizia serem irmãos. Contei sobre o esquema de venda de órgãos, o esquema de venda de sangue, o esquema das quentinhas, o esquema das multas, do IPTU e do IPVA? Acho que eu estava com Cristina quando fiz a entrevista com o traficante. Três meses eu passei na favela, morando num cômodo alugado da dona da birosca. Na fachada eu vendia limão. Ganhei no bicho, comprei refrigerante, cerveja e salgadinho, chamei os vizinhos para uma festa. Lá pelas tantas foi aquele estrondo na porta, era a bota do policial, arrombando. Traficante descobriu quem eu era, mandou me buscar. Fui de capuz na garupa da moto. Tiraram o capuz, o chefe do tráfico na minha frente. Peguei a mão do homem, coloquei sobre o meu coração. "Você me assustou, sente as batidas." Ele era entregador de farmácia. Virou traficante para pagar as contas do filho doente. Era como eu e você. Os corpos ele mandava queimar dentro de pneu. Me contou sobre a creche que mandou construir no morro. Eu tentei mostrar tudo isso, na reportagem. O editor deu o título NASCIDO PARA DROGAR. Jornal vendeu feito pão quente. Eu ganhei prêmio. O traficante me jurou de morte.

Não contei para a Cristina. Eu já não falava em casa sobre trabalho. Mas para você eu conto. E também sobre o desabamento na praça XV, um desses prédios sem manutenção, foi meio século de dono molhando a mão do fiscal. Inclusive o cheiro dos escombros era parecido com esse de gás.

É outro panelaço que acorda Joel, batuques e gritos raivosos contra o presidente. Ele sente o forte aroma de perfume doce, abre os olhos e vê rugas. Glória não está feliz.

— A pessoa não pode nem sair para ir a um mercado...

— Minha perna...

— Se bobear quebrou de novo. Vai ter que ir na emergência refazer o gesso.

— Minha cabeça...

— Agradeça por ter cabeça. Você só não tem vergonha na cara. Ou consideração pelos outros. Beber a cachaça do santo, Joel. Um desrespeito. Nem vinte e quatro horas eu deixei a garrafa ali. Ia usar hoje de tarde, na oferenda. E essa lambança no meu chão.

— Eu quero ir embora.

— O quê? Raio de povo barulhento. Se soubesse votar como bate panela o Brasil seria um país melhor.

— Eu não quero estar aqui.

— Ninguém quer. O Brasil só não esvazia porque as pessoas não têm dinheiro nem para dividir um Uber, que dirá pegar avião. Se tivessem dinheiro, só ficariam os velhos. Aliás, nem isso. Eu sempre quis ver a neve. Rodnei te encontrou.

— Rodnei?

— Ele tem a chave do apartamento. Sabe como é. Eu moro sozinha, e vai que morro e começo a feder, com vizinho desconfiando de comida estragada na geladeira. Quanto barulho.

Glória vai até a janela e grita:

— Cês tão é quebrando colher de pau! Amassando o fundo da panela!

Volta para a sala.

— Mas que lambança no meu chão...

Ela mal consegue ouvir a própria voz.

— Minha perna... — diz Joel.

— Eu queria entender o brasileiro. Entender por que não usam essa energia para cobrar dos políticos eleitos.

Glória volta para a janela.

— Esse vagabundo ganhou no voto, não foi na porrinha! Cês têm que aprender a votar! Pronto, dei minha contribuição ao debate político — ela diz, fechando a janela. — Saí cedo, para evitar muvuca no Guanabara. Estava na fila da carne quando senti um aperto no peito. Escutei uma voz nítida dentro de mim, dizendo, Glória, Joel vai fazer um disparate! Liguei para o Rodnei. O cheiro de gás tinha chegado na portaria e ele já estava na cozinha, desligando o forno. Que papelão.

— Você saiu e me deixou sem fiscal.

— Aracy está ocupada. Passa os dias na frente do computador tentando fazer uma home page para vender as bijuterias. Por causa da pandemia ela deixou de ver as clientes. E mesmo antes estava difícil aumentar a freguesia. Ninguém mais abre a porta para desconhecido. Tem mais assaltante vestido de funcionário da NET que funcionário da NET.

— Eu não tenho mais nada para fazer nesse mundo.

— Ficar sem fazer nada é melhor do que fazer besteira.

— Minha perna...

— Salvo pela incompetência. Eu queria entender essa sua pressa de ir embora. Fica quieto que a morte chega.

— Quem é você para dizer o que eu tenho que fazer?

— A dona deste apartamento. Todo lambuzado de gesso, por sinal.

— Você não sabe nada de mim.

— Eu sei, sim. Você se casou uma porção de vezes e também tinha uma fraqueza para...

— Isso é problema meu.

— Leandro me disse, e eu tenho ouvido para ouvir. Mandou eu sumir com as bebidas, porque até porre de enxaguante bucal você tomou.

— Velha fofoqueira. Nem mesmo a sua filha te atura.

— Não venha falar da Cláudia porque ela...

— Não te atura. Tanto que nunca veio te ver. O que você fez da vida além de assistir novela e falar dos outros? Você é uma ignorante. Teve uma vida medíocre, vai ter uma morte medíocre. Aliás, é você que devia morrer. Você aqui ou no Caju dá no mesmo.

— Ah, meu filho. Eu vou ficar nesse mundo muito tempo. Aracy viu no tarô. Ela sempre acerta. "Glória, existe algo de eternidade na sua vida", ela disse. "Está aqui, na repetição da carta da Imperatriz." Vou deixar essa vida bem velhinha. Tão velha que nem vou poder espreguiçar, porque se eu levantar os braços Deus vai querer me levar. Ô povo barulhento. A que ponto chegamos. Um país, manifestando-se politicamente através do batuque.

Glória sai da cozinha para fechar a janela, resvala no chão molhado pela água com gesso e bate a cabeça na quina da mesa.

14.

A escolha do que fica é um mistério. Bicheiros, esteliona-tários, assassinos, traficantes, sequestradores, assaltantes, trambiqueiros, cafetões. Alguns ganharam breve fama, com foto e manchete na primeira página, repercussão no dia seguinte e sobrevida na boca do povo, até a narrativa perder forma e se manter como essência no imaginário urbano.

E tem essa história. Que me volta de tempos em tempos, e me chega agora, vendo Glória inconsciente com sangue brotando da nuca.

É sobre uma mulher. Uma mulher que morava numa árvore.

Dez anos ou mais, eu passava pelo túnel Novo e notava os arranjos na jaqueira em cima do morro. As latas seguras por um arame e penduradas por pregos no tronco, a moldura de um quadro inclinada e presa num dos galhos, os pedaços de madeira paralelos servindo de degraus, as tábuas entre os vãos da árvore como prateleiras, por cima trapos e bugigangas. Moradia de alguém, vivendo na margem da margem, depois dos prédios do asfalto, das casas de alvenaria do início do morro e dos barracos de madeira mais acima.

Isso era nos anos 1980, quando as favelas já tinham se alastrado pelo Rio como trepadeiras. O tronco na base se fortalecia, na medida em que as casas de alvenaria ganhavam o segundo ou terceiro andar, as ruas de terra eram asfaltadas, o comércio se estabelecia na via principal e o emaranhado de fios negros dos postes de luz riscavam o céu. Em cima dos morros ficavam os galhos novos e ainda frágeis da trepadeira, na forma dos casebres de madeira e trilhas labirínticas de chão batido.

Um dia eu estacionei no acostamento e subi por uma trilha contornada por mato alto até a jaqueira. Mosquitos picavam a minha nuca, moscas-varejeiras zuniam sobre o lixo e as fezes de gente e de bicho pelas beiradas. Cheguei na árvore sem fôlego.

— Ó de casa — gritei junto ao tronco.

Um rosto encovado apareceu pela borda de um compensado.

— Bom dia. A senhora tem um tempinho para conversar?

O rosto sumiu. A tábua de compensado rangeu. Logo depois ela descia. De costas, tocando com o calcanhar descalço os vãos no tronco, um palmo de canela fina aparecendo pela saia escura e longa, a camisa também escura sob um paletó de homem, o lenço claro cobrindo os cabelos embranquecidos.

Eu já tinha visto muitas outras mulheres assim. Negras ou morenas, velhas depois dos cinquenta, de rosto resignado ou desconfiado, sulcos profundos na pele fosca. Lenço cobrindo o cabelo seco. A pobreza nessas mulheres era um uniforme.

— Joel Nascimento, repórter do jornal O Dia — eu disse.

A velha não respondeu.

— Eu passo por aqui todos os dias e vejo essa árvore.

Ela permaneceu de braços cruzados.

— A sua árvore. Já tem um tempo, não? Que a senhora mora aqui.

Carros e ônibus passavam velozes sob o túnel. Olhei a mulher sem pressa. Era uma sensação agradável e conhecida por mim. A de que, ao parar para tocar os cenários e interagir com as pessoas, eu saía da intricada linha de montagem produtora do Rio para preencher um espaço sem tempo, em que os signos definidores da cidade pairavam disponíveis à espera de quem os capturasse.

— Como a senhora se chama?

Ela não disse nada.

— Foi a senhora quem fez essa casa?

Ela não disse nada.

— Bem, eu acho que vou indo. Um bom dia para a senhora.

Levantei a mão em despedida e me virei para descer o morro.

— Dez cruzeiros. Eu só falo por dez cruzeiros — ela disse.

Era fim do mês. O tanque do Puma estava quase vazio. Abri a carteira e dei para a mulher as duas últimas notas de dez.

— Meu filho fez — ela disse, colocando as notas no bolso do paletó.

— Ele mora com a senhora?

— Não sei onde está, não senhor.

— Como a senhora se chama?

— Aí são mais dez cruzeiros.

— Senhora, é só o nome.

— É só o que eu tenho para vender.

Eu ia voltar à jaqueira para fazer a entrevista. Mas Cristina raspou a conta do banco, trocou a fechadura e deixou minhas coisas no corredor. O vizinho roubou o pouco que prestava e eu fui dormir no sofá da sala das rotativas, usando como pijama um uniforme seminovo do pessoal da limpeza. Bebi, dormi no volante e capotei, deu perda total no Puma. Quebrei umas costelas. Tive alta em semana difícil, com trem descarrilhado e assalto a banco da Zona Sul. Quando tive tempo de subir o morro, a mulher da árvore havia desaparecido. Os poucos pertences haviam desaparecido. Um pedaço de trapo atado a um dos galhos balançava contra o vento.

Essa mulher.

Antes de ela sumir, Godofredo pagou trinta e fez a foto.

Deve estar no arquivo do jornal.

15.

Joel anda de muletas até Glória. Apoia o tronco na parede, escorrega o corpo devagar até o chão. Teme errar, mas o instinto e o desejo desafiam o medo, e ele ergue a cabeça de Glória para ajeitá-la no colo. Percebe as mãos molhadas e escuras de sangue, esfrega o excesso das palmas na calça. Fora do apartamento as últimas panelas batem esparsas. Ele já pode gritar por ajuda, pode ir até a sala telefonar, mas se contém um instante, descobrindo envergonhado e a contragosto o prazer esquecido e distante do contato com outro corpo. A cabeça de Glória pesa aquecida sobre a coxa dele. Joel pousa a mão sobre a testa de Glória, a mão desliza até os cabelos.

— Então é assim que se morre — ela diz.

— Que besteira. Foi um tombo bobo. Dá para resolver com um gelo na nuca e talvez uns pontos.

Glória fecha os olhos. Joel se apavora.

— Glória? Glória?

Ela abre os olhos.

— Eu não sou surda.

— Vamos conversar. É importante que você permaneça alerta.

— Quero ver a Cláudia. Tem uma porção de coisas que preciso dizer. Eu inclusive ensaiei, repeti muitas vezes na minha cabeça. Assim que ela aparecer vou pedir desculpas. Eu devia ter entendido, ou no mínimo respeitado, quando ela me contou o que faria.

— Você vai ver a Cláudia. Vai dizer a ela tudo o que quiser.

— Mas como é que eu ia saber? Hoje em dia tudo é mais fácil, há tantas formas de a pessoa se informar. Eu sei que ela vai entender. Acho inclusive que já deve ter entendido.

— Daqui a bem pouco Cláudia vai estar aqui.

— Eu sei. Eu nunca mais vou fazer empadão.

Joel sorri.

— Sorrindo você não parece tão feio.

— Eu ainda sou muito bonito.

Uma última panela bate longe. Outra corneta se faz ouvir. Joel acomoda a cabeça de Glória no chão e se levanta. Abre as gavetas e as portas do armário sob a estante em busca do caderninho de telefone, item imprescindível aos lares da sua geração. Encontra palavras cruzadas, canetas promocionais e antigas notas fiscais. Vai até a cozinha e abre gavetas. Vê o caderno com índice de letras, capa dura com desenho de vaso com flor, folhas finas e encardidas por anos de manuseio.

O telefone da Cláudia está desligado ou fora da área. Leandro não atende. Liga para Aracy. Ela adentra o apartamento com os chiuauas.

— Glória, não faça uma coisa dessas comigo! — ela diz, debruçando-se sobre a amiga. Os chiuauas ganem, as patinhas dianteiras apoiadas no tronco de Glória.

— Minha melhor e única amiga.

— Preciso de ajuda — diz Joel.

— Preciso de ajuda — diz Aracy. — Estou com uma angústia no coração. É sangue! Sua calça está coberta de sangue!

— Vou ligar de novo para a Cláudia.

— Cláudia?

— Cláudia, a filha da Glória. O telefone está fora da área.

— Mas... você não sabe? Cláudia está morta. Saiu em tudo quanto é jornal. Advogada, assassinada a facadas depois de pedir a separação ao marido.

As pernas de Joel estremecem. Ele precisa sentar.

— A princípio pensaram em sequestro. O marido falou compungido para os jornais. Encontraram o corpo num sítio em Itaipava. Você deve ter lido.

Ele não se lembrava. De mais outro caso. A única forma de se manter como repórter de cotidiano é simplificar o que a cidade despeja. Tragédias ganhavam a relevância do momento, mas eram esquecidas e substituídas sucessivamente por casos similares. Joel havia posto uma única face nas crianças mortas por bala perdida, nas vítimas dos sequestros-relâmpago, nos trabalhadores desaparecidos após uma blitz. Uma única face, em todas as mulheres que se repetiam em situações de violência. A narrativa de uma cidade engessada por problemas recorrentes é feita de clichês, o Rio havia se tornado um pastiche de si mesmo.

— Menina brilhante... Tinha acabado de passar no concurso de juíza...

Uma única face. Joel pensa no pôster da menina no quarto e imagina Cláudia adulta, sorrindo de batom vermelho na foto do jornal.

Elas sempre aparecem sorrindo na foto do jornal.

— Preciso do meu Rivotril — diz Aracy.

Ele está de novo sozinho com Glória. Ela não se mexe. O sangue brota da nuca.

— Glória? Glória? — Joel sussurra. Para ela saber que tem

companhia. Para ela saber que ele não quer incomodar. — Glória? Vai dar tudo certo. Está tudo bem.

Joel pousa a mão sobre o rosto imóvel, e pressente o momento exato em que ela deixa de respirar.

SEGUNDA PARTE

16.

Não era a primeira vez que ele sentia esse tipo de solidão. Meio século e lá vai fumaça, Matilde sonhou com pavão e saiu para apostar no bicho, terminou sob a roda gorda de um caminhão de mudança. Escapou de virar manchete por companheirismo, repórter não tinha muito, mas na soma do pouco havia o direito à discrição. Na quarta-feira, agosto de 1969, nenhum jornal do Rio de Janeiro estampou a certamente lucrativa manchete COSTUREIRINHA GRÁVIDA ATROPELADA NA PRAÇA ONZE, tendo abaixo subtítulo de igual sabor, *Órfã e recém-casada, moravam com uma dúzia de gatos, vivos alguns, empalhados outros.*

No velório, Farinha disse:

— Garoto, memória é como espinha. Quem futuca fica marcado. Deixa quieta. Numa hora ela seca e some.

Ele vendeu os móveis, doou os gatos empalhados para uma escola, enfiou os vivos numa caixa e largou no Campo de Santana. Mudou-se para uma pensão, levando as poucas roupas e o abajur com base de estanho. Um presente da mãe, após Joel anunciar casamento. É como prefere lembrar o arremesso, quando reclamou da expulsão do apartamento sem os gibis. "Eu leio até tarde da noite, você bem sabe, pela luz acesa do abajur na mesinha." Voaram gibis e abajur, por pouco a cúpula não se partiu. "Se é para se arruinar, que seja longe de mim", disse a mãe. "Trabalhando com cachaceiros, empregado por oportunistas, casando-se com uma louca." Foi a primeira mala que fez. Foi a primeira mulher que deixou.

Agora ele busca por uma. Procura no revisteiro, revira almofadas, abre as portas dos armários sob a estante da sala. Encontra catálogos de páginas amarelas, descansos de copo, velas usadas. Joel se imagina reclamando com Glória. Para que guardar porcaria, ele diria. Baralho desfalcado é melhor que baralho algum, seria a resposta, e ele sente a solidão por saber o que ela diria, e por ser as duas pontas de um diálogo.

No quarto da Cláudia ele abre os armários que não usa. Há bichos de pelúcia, sapatos e cintos, vestidos e bolsas. Segue para o quarto de Glória. O peito aperta, o coração acelera. Ele precisa recorrer à casca grossa, capa de super-herói dos repórteres, que protege a sua essência do que se obriga a ver ou fazer. Que protege ele mesmo, das versões desprezíveis de si. Abre os armários e as gavetas. Não é certo, por isso ele é rápido, para o erro parecer menor. É como violar um corpo, tamanha a presença da mulher. Nas roupas o cheiro adocicado da mistura de cremes e perfumes ainda está vivo, nos outros pertences há o fosco do manuseio. Os dedos atravessam os vãos entre as camisas penduradas, tocam a prateleira vazia. Numa caixa com fotos e cartões de Natal e aniversário ele encontra o caderno azul.

Toca a capa, se condena e se justifica. Rapaz, foi mais de meio século lidando com as histórias dos outros. Vai ser impossível viver estes dias vazios dedicados somente a mim. Ele se convence de que lerá por distração. Para ter o que fazer. Superar as horas vazias de mais outra manhã, saber das porcarias a serem aceitas pela editora de terceira. Gonçalves. Nem parecia nome de editora, mas de armazém de secos e molhados em Realengo nos anos 1960. Para que pareça menos errado ele deixa o quarto de Glória, senta na própria cama e liga o abajur. A palma da mão está aberta sobre a capa do caderno. Joel permanece imóvel. E decide num movimento brusco guardar o caderno na gaveta da mesinha. Ele sai do quarto de muletas, satisfeito pela escolha. Ele era naquele instante a versão melhor, prevalecendo sobre a desprezível, do homem sem escrúpulos invadindo a intimidade de uma morta.

17.

— O que você quer? — pergunta Aracy, o rosto desconfiado entrevisto pelo vão da porta segura pela corrente.

— Eu estava passando — diz Joel.

— Rumo ao extintor de incêndio?

— Eu estava caminhando.

— Por um corredor escuro?

— Vim saber se você está bem.

Aracy fecha a porta, tira a corrente e volta a abrir, enquanto evita com a canela a fuga dos chiuauas para o corredor. Eles rosnam e mostram os dentes para Joel.

— A mim você não engana, vindo me ver perto da hora do jantar. Mas não se anime, eu não sou de cozinha. Só sei fazer arroz com salsicha e queijo quente. Rômulo era cozinheiro de mão-cheia, fazia um feijão que eu nem te conto, e estrogonofe, e um salpicão como o das churrascarias. "Só não espalha, Bitoca", ele pedia. Hoje em dia teria sido chef, mas naquela época era tido como frouxo. O povo falava. Eu, nem aí. Rômulo era um marido exemplar. Quando dormia em casa. Tomava notas vendo o programa da Ofélia, é a letra dele no caderno de receitas. Tanto tempo comigo, e sem mais nem menos cai na rua e morre. Eu me senti amputada, como na música do cantor de olho claro. Eu te contei, sobre o último bobó de camarão feito por Rômulo? Só de falar meu peito aperta. Está lá — ela diz, apontando com o queixo a cozinha. — Guardadinho no freezer. Me falta coragem de descongelar. Glória também. Foi embora sem mais nem menos e de uma hora para outra. Tá certo que todo mundo morre de uma hora para outra, de um segundo para outro. Mas todo mundo não é quem a gente ama.

O apartamento está abafado e cheira a cachorro velho e sem banho. Mas Joel é tomado por uma inércia que o impele a ficar.

— Por falar em mundo, vou te contar — continua Aracy.

— Esse mundo me mostrou a língua. Aliás me mostrou o dedo. Aliás me mostrou a bunda, foi isso que o mundo fez. Pode ficar aí no sofá. Mas é cream-cracker que eu tenho para oferecer. Com água do filtro.

Ele se dá conta de que gosta de ouvir Aracy, apesar da voz desagradável, marcada por incômodos agudos, por altos e baixos, indignação e amargura. A cada sentença Aracy parecia exercer a exaustiva tarefa de se impor e provar.

— Os biscoitos estão no pote da mesinha. Você tem boca e tem perna, levanta e pega.

— Estou sem fome.

— A TV daqui também é ruim. A da Glória é muito melhor.

— Eu não vejo TV.

— Você é muito esquisito. Cláudia queria que Glória trocasse por outra fininha. Isso foi antes das duas brigarem. Quer dizer, antes da última das brigas, a pior. Elas não estavam se falando quando Cláudia morreu.

— Como era ela?

— Cláudia? — Aracy aninha os dois chiuauas no colo e silencia por alguns segundos. — Era para ser a continuação da Glória. E a minha também. Para melhor — ela diz.

— Como era Glória? — Joel diz.

Aracy olha Joel desconfiada.

— Você estava morando com ela, ora bolas.

— Ela não falava muito.

— As pessoas sozinhas são as que falam mais.

— Glória era viúva?

— Antes fosse. Marido defunto costuma deixar um dinheirinho. Se bem que no caso de muitas é justo pagamento por anos de serviço. Fui excluída dessa regalia ou direito. Mas não reclamo, Rômulo proveu de outras formas. Glória foi mãe solteira. Criou a filha vendendo empadão. Quase trinta anos a minha amiga passou abrindo a massa na bancada de mármore. Refogando frango e palmito. Era mulher de ambições, mas terminou no vai e vem do mercado, no esfrega e enxuga na pia, de pé engordando as varizes. Cláudia foi medicada, vestida e educada na base do empadão. Mensalidades da faculdade de direito, pagas na base do empadão. Então a menina se forma e encasqueta que deve se casar. Glória tentou conversar, disse que era muito cedo e essa briga eu ouvi, Cláudia dizendo que a mãe era mau exemplo, e Glória dizendo que era verdade, "Você deveria fazer o contrário de mim, eu deveria ter feito o contrário do que fiz, eu ainda penso na vida que poderia ter tido se tivesse feito o oposto do que queria minha mãe."

— Que vida, Aracy, você está me confundindo.

— Não tem confusão nenhuma, eu explico muito bem as coisas. Vinte anos eu passei na secretaria da escola, repetindo pelo guichê os procedimentos da matrícula. De pé recebendo os pais, ou sentada na cadeira ergonômica. Ergonômica, aliás, uma pinoia. Eu precisava de cadeira especial devido à escoliose, o diretor garantiu que eu me sentava em uma. Mentira, e até hoje por causa da safadeza eu ando curvada. Mas como eu ia dizendo, se eu não soubesse explicar bem os procedimentos de matrícula a escola teria falido. Manteve-se aberta, expandiu para duas filiais, terceirizou os serviços de secretaria e me dispensou. O dono se livrou de mim como se eu fosse um band-aid usado. Pois então. Glória novinha queria a independência para ter um futuro melhor que o da mãe. O que, agora eu me dou conta, foi o que Cláudia fez com a correria para se casar. Deu-se o contrário do que Glória queria quando era mocinha, e anos depois Cláudia fez como a mãe, e depois quando quis fazer o contrário Glória não aceitou.

18.

Vieram Leandro e a mulher para proceder ao estranho ritual de desfazer alguém. As roupas, os sapatos, as bijuterias. Tudo o que compunha Glória é esvaziado de sentido, reduzido a caixas e sacos de lixo. Vestidos e bijuterias para doação, remédios e pomadas usadas para o lixo.

Da sala Joel acompanha o movimento. A retirada das roupas do armário, o atrito dos cabides vazios jogados sobre a cama. Uma onda de esquecimento, avançando. Vem para o quarto em que dormia, leva o pôster com a imagem da menina e o conteúdo dos outros armários. Passa pelo banheiro. Ele ouve o clique dos vidros e dos potes de plástico enchendo um saco de lixo. Vem para a sala, e leva os catálogos de telefone, os descansos de copos de papelão, o baralho desfalcado. Restam alguns bibelôs na estante. O aviãozinho, a enciclopédia de plantas medicinais. O quadro de marina.

Quando se vão o apartamento está oco.

Joel vai ao quarto e abre a gaveta da mesinha. Desta vez a leitura do caderno lhe parece correta. Desta vez o caderno será uma companhia, o último contato com a mulher que mal conheceu.

Na primeira folha o nome Glória aparece dezenas de vezes em letra cursiva e infantil. Vira a página. O leve craqueado das folhas, feito pela pressão da caneta desenhando rabiscos, acompanha a busca. Mais garranchos e rabiscos, longas linhas arrematadas por flores, arabescos, corações. Glória, Glória, Maria da Glória, Glória, Maria da Glória. Vira a página. Rabiscos, cubos, corações. Frases rasuradas, frases desconexas, parágrafos pela metade, até o início de um texto corrido.

Aconteceu quando eu era menina, num domingo de Páscoa na casa da tia Nice. Essa era mulher elegante, e antes foi jovem rebelde ao desafiar o pai armador e se casar com um pierrô de sarjeta. Tio Clécio, irmão de papai, era isso, pierrô com calça de cetim barato da Casa Turuna, que pulava três dias na Rio Branco e sentava melado na calçada da Cinelândia na madrugada de Quarta-Feira de Cinzas. Folião diligente, carimbador burocrata entre os carnavais. Nice era mimada, queria mais emoção do que comprar três chapéus na rua do Ouvidor. Queria um disparate como quem quer um vestido, e ali estava meu tio, o disparate com bigodinho. Pretendente ideal para a cena diante dos pais: sou mulher independente, caso-me por amor.

Chances não faltaram para Nice provar seu amor. Como quando tinha que conviver com a família suburbana do marido. Todo ano, no domingo de Páscoa, era a gente na casa deles. Três irmãs solteiras, três irmãos casados, as mulheres e as crianças. A população de um minivilarejo, que ao atravessar os portões de ferro rumo à varanda de mármore rosado entrava em outra classe social.

Mas, o almoço. Começava com todo mundo na piscina, aliás, começava com mamãe puxando meu cabelo para fazer penteado, aliás, começava no dia anterior, com ela na cozinha montando pavê. No domingo pela manhã, pegávamos o ônibus rumo ao casarão do Leblon. Demorava para passar e nós ficávamos de pé e no sol num tempo lento. Pedro emburrado, eu com os pés doendo no sapato de couro duro, mamãe segurando pirex. Papai usando jornal como viseira, inclinando o corpo na rua para ver se o ônibus aparecia.

— Só passa rápido quando ninguém precisa — mamãe dizia.

O ônibus chegava lotado. Às vezes um passageiro cedia lugar para mim. Mamãe agradecia, apertava meu braço e colava a boca no meu ouvido, "Cuidado para não amassar o vestido". Eu ia da Tijuca até o Leblon sentada na ponta do banco para não amassar a organza.

Essa viagem. O ônibus descia pela avenida Maracanã, entrava na praça da Bandeira, pegava a Presidente Vargas e seguia pela Rio Branco. O Centro era cinzento, mas quando chegava na Cinelândia a cidade parecia desabrochar. Tornava-se ampla, iluminada e mais verde, com prédios imponentes e elegantes na Glória, Flamengo, Botafogo e além. Passávamos por todos os lugares onde não podíamos morar, e que denunciavam as escolhas equivocadas de papai. Era assim, como um percurso de arrependimentos. E era longo.

Nesse domingo Nice nos recebeu com um vestido azul de tecido leve, a saia fazendo uma dança bonita.

— Mariza, que elegante — ela disse para mamãe.

— Trouxe um pavê — mamãe disse, entregando o pirex para Nice.

— Sempre tão gentil. — Nice entregou o pirex para a empregada. — Quisera eu ter a sua mão para a cozinha.

— Ha! Imagine. Um pavê é tão fácil de fazer. O segredo é deixar a lata de creme de leite na geladeira para separar o soro do creme — disse mamãe.

Nice se abaixou na minha frente, olhos claros na altura dos meus.

— Mas que boneca.

Ela cheirava diferente. A pele macia e branca também era diferente. Parecia melhor que a de minha mãe.

A rotina dos almoços de Páscoa não mudava. Os outros tios chegavam. Ficávamos nas mesas em torno da piscina ainda acanhados, até tio Clécio entrar em casa para trocar de roupa e voltar de sunga. Lá vinha ele, barrigão sobre dois cambitos. (A família de papai era parruda. Quando engordavam a gordura não descia, subia. Pescoço ficava grosso, rosto parecia o de sapo, olhinhos saltados.)

Tio Clécio dava um mergulho e vinha à tona.

— A água está uma delícia — dizia, e nós nos levantávamos disfarçando a pressa para trocar de roupa e cair na piscina.

Eu consigo me ver naquele dia. Corpo pequenino no maiô verde, pernas compridas e braços abertos. Cachinhos prestes a se desfazer na piscina, a boca aberta por uma alegria grande, o molar faltando.

Eu tinha nove anos.

As mulheres ficavam na parte mais rasa para protegerem os cabelos da água. Depois do mergulho os homens juntavam cabeças para o sussurro de piadas impróprias. Gargalhadas atraíam vizinhos, que esticavam o pescoço por janelas com gerânios. Era esse povo gordo e espalhafatoso, gritando como feirante na hora da xepa, exibindo no fundo da boca o salgadinho mastigado, os convidados da Páscoa na casa do Leblon.

— Nunca soube o que é ter família grande... — ouvi tia Nicinha dizer mais de uma vez. Aquela ali se pudesse arrancava os olhos e só colocava de novo na hora de dormir.

Eu sabia descrever os Botelho pelo que entreouvia nas conversas dos meus pais. Perto da margem, como variações de um mesmo molde mal-ajambrado, estavam as tias Odete, Margarida e Eduarda. Nenhuma das três havia se casado. *Odete porque perdeu tempo cuidando dos irmãos, Eduarda porque escolheu demais e passou dos trinta* e *Margarida porque era puta.* Pelo menos *Odete se arranjou no Ministério da Educação,* mamãe dizia. No meio da piscina estavam os irmãos. Jaime, único com diploma. Era médico, com consultório no edifício Marquês do Herval *que ia muito bem.* Tio Clécio, *que botava terno e ia para o Centro fazer palavras cruzadas no escritório do sogro,* e Vinícius, meu pai, funcionário do Banco do Brasil. Em outro grupo perto da borda estavam as mulheres dos irmãos Botelho. Carolina, casada com tio Jaime, *não era das mais simpáticas,* Nice, *com elegância de berço,* e mamãe, braços cruzados sob o peito, esquivando-se dos respingos de água.

Às três da tarde anunciaram almoço. Saímos da piscina, para nos secar e trocar de roupa. Meu primo enfiou o dedo no nariz e tirou dali uma meleca verde, quis grudar no meu cabelo. Corri com ele atrás. Atravessei o gramado, enveredei pelo caminho de pedras até a garagem. Ele era maior e me alcançou, o dedo tocou meu rosto. Perdi o equilíbrio, enrolei as pernas. Meu corpo deslizou no cimento e senti a perna direita queimar. Quando me levantei, gotículas de sangue saíam do joelho. Comecei a chorar.

Mamãe apareceu, tapou o rosto com as mãos.

— Vinícius! Corre que eu não posso ver sangue.

Papai me pegou no colo. Entramos na sala.

— Um acidente! — disse Nicinha. — Vamos cuidar logo para o joelhinho ficar sem cicatriz.

Ela nos levou até o banheiro e retirou do armário uma caixa de primeiros socorros. Papai me sentou sobre o tampo do vaso.

— Quer mertiolate? — perguntou tia Nice.

Protestei aos berros.

— Só mercúrio — disse meu pai, piscando o olho para mim.

Ele abriu a torneira, molhou um algodão e limpou o machucado.

— Está doendo — reclamei.

Papai colocou a mão sobre os meus cabelos. Sorriu.

— Só quando você se esquecer vai parar de doer.

Ele embebeu outro algodão em mercúrio e passou no machucado. Suspirei. A minha respiração entrecortada pelo choro voltava aos poucos ao normal. Papai cortou um quadrado de gaze e cobriu o machucado. Cortou quatro tiras simétricas de esparadrapo e fixou a gaze no joelho. Sorriu para mim.

— Assim que chegarmos em casa você toma um banho e eu troco o curativo.

Olhei meu joelho. Estava lindo.

— Vai fazer outro igual a esse?

— Igualzinho. E amanhã quando você chegar da escola eu faço outro, e no outro dia também, até você sarar.

Quando chegamos na sala o almoço estava servido. Sentei na mesa das crianças. Mamãe levantou para me servir.

— Não me faça passar vergonha de novo — disse, colocando bacalhau no pratinho.

Contive um engulho. Eu odiava bacalhau. Não existe impotência maior que a de uma criança obrigada a comer o que detesta. As repugnâncias aos nove anos ainda se dão o direito de serem fortes. Depois a gente acostuma e engole de tudo, e me refiro à gororoba da vida adulta. Mas aos nove anos, quando uma criança se vê impotente de frente para um pratinho de bacalhau, o mundo se torna um lugar muito mau.

Do meu lado, Pedro comia absorto. Os primos também. Em anos anteriores eu havia jogado o bacalhau para debaixo da mesa. Funcionou, até Nice reparar na lasca imersa em azeite sobre o persa tecido à mão. "Essas crianças...", ela disse. Muitas chineladas eu levei naquela noite.

Barriga embrulhada por suco de groselha e pelo fedor de bacalhau, eu estava prestes a vomitar. Não podia sumir com o peixe, mas podia sumir. Escorri para debaixo da mesa, engatinhei até o meio e me sentei abraçada aos joelhos. Alguns primos balançavam as pernas e quase podiam me tocar com os pés. Pressionei o rosto nos joelhos, a testa tocou o curativo, consolei-me com o cheiro de esparadrapo. Imaginei o novo curativo que papai me faria de noite. Minutos depois as cadeiras se afastaram, perninhas sumiram em direção ao jardim. Afrouxei o abraço, engatinhei para a borda e encostei o rosto na toalha de renda. Na mesa dos adultos e de frente para mim, mamãe terminava a sobremesa. Voltei a me esconder.

Alguém se engasgou.

— Vinícius, você está bem?

Meu pai pigarreou.

— Vinícius?

— Deve ter se entalado com uma espinha.

— Não... consigo... respirar.

— Vinícius, pelo amor de Deus.

Papai rugiu e vomitou no prato.

— Que pena, um mal-estar — disse tia Nice.

— Meu... peito...

— Abre a camisa dele.

— Bate nas costas.

— Não consigo... respirar...

Engatinhei de novo até a beira da mesa. Pelos furos da renda na toalha vi meu pai com os braços para trás do encosto da cadeira, o pescoço mole pendendo para o lado, cabelos empapados de suor.

— Vinícius! — minha mãe gritou.

— Cuidem... dos... meus filhos.

— Vai lá, Jaime. Você é médico — disse Odete. Era a irmã mais velha, e mantinha sobre os outros uma autoridade subliminar.

Tio Jaime se levantou relutante. Tirou a pressão, encostou o ouvido no peito de papai.

— É um ataque do coração — disse. — Chamem a ambulância.

— Faça alguma coisa, Jaime!

— Mas eu sou oftalmologista!

— Você é mé-di-co — disse Odete.

— Eu vou morrer... — disse meu pai.

— Aqui? — perguntou Nice.

Os adultos se retiraram. Nice fechou as portas inglesas da sala de jantar. Pelos furos da toalha rendada eu podia ver o medo no rosto de tio Jaime. E também obstinação. A mistura de restrições domésticas com ego inflado pelo diploma levava meu tio a ser entre os irmãos o que mais bebia nas festas. Às três e quarenta da tarde ele já havia consumido litros de cerveja e caipirinha, fazendo com que as taças de vinho tomadas durante a refeição se tornassem um mero acompanhamento culinário, modo sofisticado de acabar com a sede. Lembrar de tio Jaime na casa dos tios do Leblon era lembrar do copo nunca vazio que tinha em mãos.

Jaime puxou a toalha da mesa. Copos e pratos quebraram-se no chão, talheres tilintaram e escorreram até bater na parede. Carregou o irmão e o depositou sobre o tampo de jacarandá. Papai não reagiu. Agachou-se por cima do corpo e massageou o peito com as duas mãos. Papai não reagiu.

— Vai ficar tudo bem.

Tio Jaime pressionava o peito do irmão usando a força do corpo. Papai não reagiu. Você é médico, deveria estar pensando. Faça alguma coisa. Qualquer coisa. Você é médico. Salve o seu irmão. Ele tapou o nariz e apertou as bochechas de papai. Encostou os lábios nos lábios do irmão. Papai não reagiu. Jaime olhou para os lados, olhou para cima e correu até a porta.

— Desliga o disjuntor! — gritou.

Nice correu para a cozinha.

Jaime voltou a fechar a porta. Pegou uma cadeira e colocou sobre a mesa entre as pernas de papai. Subiu no assento, equilibrou-se por alguns segundos e se dependurou no lustre. Lascas de sanca e pintura caíram sobre o peito inerte. O lustre se desprendeu do teto, revelando um emaranhado de fios. Usando a serra de pão, meu tio desencapou alguns.

— Liga o disjuntor! — voltou a gritar.

Na lucidez etílica, ele calculou que poderia esticar os fios até o peito de papai, procedendo com desfibrilador improvisado. Cálculos matemáticos mostraram-se equivocados. Os fios eram curtos. Meu tio perseverou. Enfileirou quatro cadeiras sobre a mesa, deitou papai sobre elas. Voltou a pegar os fios.

Faíscas saíam dos fios seguros por Jaime junto ao peito do irmão inerte. Um leve cheiro de queimado misturava-se ao de bacalhau.

— Vinícius, pelo amor de Deus, Vinícius, reaja.

Se havia algum resquício de médico no homem sobre meu pai, desapareceu no momento em que meu tio começou a chorar sobre o peito do irmão. Depois foi o contrário. Movido pelo instinto de sobrevivência, pelo dever de salvar um paciente, pela certeza e claridade dos pensamentos etílicos e pela recusa em arrepender-se do não feito, Jaime secou as lágrimas na camisa, fungou umas quantas vezes, livrou-se das cadeiras e voltou a colocar meu pai sobre a mesa. Pegou a serra de pão, abriu-lhe o peito e massageou o coração.

O sangue pingava no tapete persa.

Jaime sentou-se na quina da sala.

Mamãe gritou sobre o corpo.

As tias choravam de longe.

Cobriram meu pai com a toalha rendada.

A ambulância chegou.

Depois a polícia.

Vizinhos amontoavam-se em frente ao portão de uma das últimas casas da orla do Leblon.

Voltamos para casa no banco traseiro do Ford do tio Clécio.

Minhas mãos protegendo o curativo.

Escurece. Joel vira a página e encontra rabiscos espaçados até as folhas em branco do fim do caderno.

Ele não tinha ideia. E sente que é o pior dos homens, detestável a ponto de desprezar a própria companhia. Ele se levanta e vai tomar um banho. Ele vai para o pátio e se recosta na cadeira de praia. Acompanha o movimento nos outros prédios e sabe não pertencer. Volta para o apartamento. Pela janela aberta da área chega o ruído de louça sendo lavada. De pé na sala, ele hesita uns segundos, sem saber para onde ir, dando-se conta de que não tinha para onde ir. Ele sai do apartamento e anda pelo corredor até o apartamento de Aracy. Os cachorros correm e cheiram o vão da porta, latem anunciando Joel. "Calados!", diz Aracy. Joel anda ligeiro de volta ao apartamento.

19.

É maio e é estranho. Joel conhecia as ruas vazias pela ronda na cidade durante as primeiras horas do ano, quando a explosão de otimismo dos cariocas já havia se dado e arrefecido, como os fogos de artifício espocando em cima do mar, as velas brancas apagando-se nos buracos na areia, as oferendas de rosas e palmas a Iemanjá sumindo após a arrebentação.

Mas é um dia de semana no meio da manhã. A cidade parece um cenário à espera do elenco. Lojas fechadas, calçadas vazias, sinais vermelhos sem os meninos colocando os saquinhos de bala nos retrovisores. Um Rio numa constante primeira manhã do ano, o Rio de férias do Rio.

Joel está no carro com Leandro, indo ao médico em Copacabana para tirar o gesso da perna. O céu está nublado, uma garoa fina salpica o vidro. Leandro pergunta se ele tem planos.

— Eu tenho que fazer umas ligações.

Na rádio o repórter diz, "Quarta-feira, 4 de maio de 2020. Máxima de vinte e oito graus em Bangu, mínima de vinte e dois graus no Alto da Boa Vista".

Eu conheço esse dia, pensa Joel.

Novecentos infectados com covid morrem na fila para internação

Secretário de Saúde é preso por superfaturamento na compra de respiradores

Nova quadrilha frauda concursos públicos

É o dia do meu aniversário.

O carro pega a rua São Miguel e passa junto à favela do Borel. Quantas vezes ele esteve ali, durante um temporal. A água no topo do morro retomava antigos caminhos, revivia nascentes e descia implacável até o asfalto, levando lixo, móveis, casas, gente. Ao desviar dos destroços na pista os carros passavam rente às pessoas encharcadas na beira da estrada. Não havia calçada, só o estreito caminho de terra batida onde os moradores do morro esperavam com medo, no rosto antecipação e angústia pela dúvida se voltariam para barraco ou escombro.

Hoje o Borel está quieto e vazio, e para Joel o silêncio é perturbador. As favelas são como as crianças, quando quietas algo não vai bem. Depois dos tiroteios, as favelas silenciam. Depois das mortes as favelas silenciam.

Pastor evangélico será o novo ministro da Educação

Ele faz setenta e um anos. Farinha morreu com mais de noventa. Estava nas últimas quando Joel foi visitar, no quarto dos fundos do segundo andar da mansão feita casa de cômodos da rua Ibituruna. Agarrou-lhe o braço, o homem ainda era forte. Mandou ele cuidar dos papéis. "Papéis?", Joel perguntou. "Embaixo da cama", disse Farinha. "A escritura, da minha casa com Damiana." Embaixo da cama era chinelo e poeira. "Vou cuidar", disse Joel. "Sonhei que roubavam", disse Farinha, olhando Joel para além das córneas foscas. "Foi um pesadelo", Joel respondeu.

Servidores públicos fraudam licitação de hospital de campanha na Zona Oeste

Setenta e um. Cristiano morreu com setenta e três. Estava sozinho, no apartamento de quarto e sala no Catete. Pilhas de livros, jornais velhos, resmas de papel ofício datilografadas e presas meticulosamente por duas carreiras de barbante. A gata Sarjeta avisou aos vizinhos, miando por mais de dois dias. Os vizinhos avisaram Joel. Apareceu uma sobrinha-neta de Valinhos. Joel agradeceu e recusou a oferta para ficar com os escritos.

Perguntado sobre o número de mortos pela covid, o presidente responde: E daí?

Setenta e um. O pai morreu com quarenta e nove. Ataque cardíaco, depois de cheirar uma carreira de cocaína num motel da praça Onze. Joel foi o primeiro repórter a chegar no local. Corpo em decúbito dorsal, uma rosa artificial do lado, enfeite de cabelo da prostituta em fuga. "Quem diria que o grande jóquei Renê Rubirosa terminaria nessa espelunca", disse um colega. "E tem mais", Joel respondeu. "Abusava do filho. O rapaz não quer se expor, mas é fonte segura. Coloca na manchete. Eu tenho a declaração."

Há um novo tipo de feijão nos mercados, chamado popular, feito com restos antes usados para ração de porcos

A mãe de Joel ainda vive, num asilo em São Gonçalo. Quando ele vai visitar, ela diz, "Eu tenho um filho, poderia ter sido engenheiro. Era o melhor aluno do Colégio São José. Perdeu-se para a bebida".

Presidente passa feriado em hotel cinco estrelas e causa aglomeração

"Tem que cuidar da cabeça", Leandro diz. "Às vezes é só um ajuste químico a ser feito. Conheço um psiquiatra."

No Jacarezinho, dezesseis pessoas morrem após operação militar

Alvorada, lá no morro, que beleza. Ninguém chora, não há tristeza. Ninguém sente dissabor...

PMs deixam as ruas para fazer segurança privada de deputados

O sol colorindo é tão lindo, é tão lindo...

Leandro murmura, Joel cantarola, o noticiário se torna ruído. A garoa, as lojas fechadas, as ruas vazias. Os prédios e as esquinas, famosos por um instante. Ali, o homem se jogou. Ali, o marido matou a esposa. Ali, morava o poeta. Casos, histórias, verdades. Caíram no esquecimento, transformaram-se em segredo, conhecidos apenas por ele. É de Joel a chave da cidade renegada, antecessora do Rio que passa pela janela molhada do Honda. A cidade conhecida só por ele. É onde gosta de estar. Na vida dos outros, esvaziado de si mesmo.

Um atravessador.

De volta ao apartamento, Joel amassa e joga no baldinho de lixo do banheiro a folha timbrada do ortopedista com recomendação para fisioterapia. Para Joel havia dois tipos de médico. Os corajosos combatentes das trincheiras dos hospitais públicos, declarando através do ofício o amor incondicional pelo próximo, e os que bebiam cafezinho com pacientes em consultórios refrigerados enquanto aguardavam por vaidade e incompetência a sala de espera lotar.

Leandro está no sofá, cotovelos apoiados nos joelhos.

— Eu não tenho pressa — diz.

Joel poderia ficar no apartamento enquanto resolviam o inventário. Quem sabe até depois. O imóvel seria de Leandro, questão de acertar um aluguel razoável, ou só pagar o condomínio. Por agora ele não precisa nem tem pressa de receber.

— Eu não entendo — diz Joel.

— Não vou me aporrinhar com inquilino novo. Ainda mais agora, no meio da pandemia. A cozinha e o banheiro precisam ser reformados, seria um transtorno.

— Por quê, Leandro. Por que você está me ajudando?

O lado direito do rosto de Leandro se retesou.

— A rebelião em Bangu. Eu era o seu estagiário. Você disse para eu ficar no carro mas eu recusei. Você me levou a contragosto, eu vi os mortos e os homens ainda respirando no monte de corpos. Eu estava na faculdade, o meu Rio era a Zona Sul. Era como as telas que meu pai pintava, atraente e pitoresco, e só. Quando voltamos para a redação, você disse para eu me sentar do seu lado enquanto escrevia. "Bora jantar, garoto", você convidou depois do fechamento. Andamos pelo Centro vazio num silêncio denso, e da esquina ouvimos a balbúrdia do Capela. Dentro era só alegria, as mesas vivas apinhadas de repórteres, fotógrafos, editores, redatores. Falavam alto, bebiam, fumavam. Você se juntou a eles e respeitou meu silêncio, eu precisava de mais tempo para transformar a tragédia em relato. Um relato como tantos contados ali, na voz alterada dos bêbados prolixos. Nem todas as histórias eram felizes, a maioria não era, mas os repórteres naquele momento eram. Eu recusei o arroz de brócolis, o cheiro do cabrito me enjoou, você fez que não notou. No dia seguinte quando eu faltei ao trabalho você ligou para a minha casa, e no outro dia, quando você chegou na redação foi direto para a minha mesa, perguntou se eu estava bem. Você fez isso a cada manhã por mais de um mês.

— Rapaz, nem me lembrava.

— Joel.

— Diga.

— Não faça nenhuma besteira.

20.

Três meses se passam. Os meses de inverno no Rio, que começa com a incômoda lufada de um vento frio no final de maio, seguida por onda de calor, seguida de frente fria, calor, frente fria, calor. O inverno tropical, molhado, indeciso e inconstante, permite aos cariocas o uso esporádico dos casacos finos. Um cheiro de fundo de armário se apodera das pessoas, espirra-se aos borbotões, há o desejo coletivo e subliminar de ficar em casa e de se sentir um pouco doente. Na Tijuca o frio se forma no alto da floresta, desce pela Conde de Bonfim e se alastra pelo bairro, como um rio se esvaindo pelos afluentes das ruas transversais e se transformando num morador invisível dos apartamentos.

Pela manhã Joel apoia a mão na pia da cozinha e se abaixa para pegar no armário a antiga leiteira de alumínio. Esquenta a água para coar o café. Toma a primeira xícara de pé na área, de frente para o basculante com vista para o interior dos outros prédios. Senta-se numa das cadeiras junto à mesa de jantar, estica e dobra a perna quinze vezes. Repete o percurso de onze passos no corredor, da sala até a porta do quarto de Glória, a princípio com o auxílio da bengala, depois com as mãos apoiadas nas paredes.

De noite ele demora para dormir. Retoma um conforto antigo, ao poder balançar o pé como fazia quando era criança, e se embalava para dormir no sofá. No quarto trancado a mãe parecia rir, mas às vezes ela chorava. Joel se atinha ao movimento do corpo, tapava os ouvidos e espremia os olhos no escuro.

Para Joel, é o mais frio dos invernos, talvez por ter agora mais tempo para lembrar. Ele se encabula pelo pensamento delicado, mas é real, ele sente e sabe, sobre o frio intimista desse tempo novo. São raros os dias sem vestir o cardigã de lã argentina, presente de uma namorada. A cada ano, em fins de maio ou no início de junho, quando vem a chuva e por isso esfria, Joel tira o cardigã do armário. Fecha os olhos e encosta a peça no peito, para querer bem àquela mulher. Ele não se lembra de ter ganhado outro presente como aquele, caro e feito para durar.

Joel limpa o vaso e passa a esponja na pia. Varre os cômodos, livrando-se da grossa camada de poeira cinza. Sobre os móveis ele usa um pano úmido, e se surpreende ao ansiar pelos dias de lavar roupa. O cheiro puro do sabão de coco, o toque frio da roupa molhada, o roçar dos dedos na ondulação da louça do tanque eram pequenos e novos prazeres, que o colocavam num lugar interessante e impensável.

Vai ao mercado uma vez por quinzena, em percurso acrescido de medo. O repórter destemido, que se gabava de conhecer o Rio pelo metro quadrado, percebe o simples trajeto como sucessão de percalços. Vem na contramão a bicicleta do rapaz da farmácia, a moça correndo sem máscara, podem me derrubar. Ele tem medo, e a sensação de que os ossos se transformaram em isopor.

Percorre os quatro quarteirões sem as urgências de antes. A casa lotérica, os botecos, o apontador do jogo do bicho, são como objetos de um museu, símbolos pitorescos de uma existência anterior. Para onde foi o impulso, ele se pergunta, com uma curiosidade polida.

Às vezes o telefone toca. Do sofá Joel conta os chamados, silenciados após doze vezes. Quem quer que fosse insistia em nova ligação. Ele precisa pedir a Leandro para cortar a linha.

As primeiras porções de carne moída feitas por ele deixam no fundo da boca um gosto de bicho morto. Depois de queimar duas vezes a panela de arroz, bate na casa de Aracy. "O tempo no fogo e a quantidade de água", ele diz acanhado, "eu não entendo." Aracy some no apartamento, volta com um cartão de visitas.

— Taubes. Marido de uma amiga. Depois da demissão ele vende quentinha da mala do carro.

— Mas eu pensei que você poderia...

— Fazer arroz?

— Isso jamais passaria pela minha cabeça. Pensei que você poderia... me ensinar a fazer arroz.

Aracy olha o relógio de pulso.

— Saio daqui a pouco. Vou passar uns tempos com minha prima em Iguaba. Tanta reclusão está me fazendo mal. Outro dia eu me vi falando com as três pastorinhas de biscuit na estante. Eu estou ficando maluca, disse a elas. Não adianta me retornarem com essas carinhas de sonsa. Eu sei que estou ficando e vocês também sabem, quem cala consente. Os chiuauas precisam de exercício, nunca mais foram para a rua, eu evito o elevador. As pessoas do mal cospem nos botões. Eu vi num vídeo, real, quem me passou foi uma amiga de confiança. Parte de uma conspiração comunista, para o vírus se alastrar e a China vender bilhões de vacinas com chip. E para destruir nosso presidente. Melhore essa cara, até parece que vai ter saudades de mim.

— Você volta quando?

— Eu volto quando a pandemia for embora. Foi bom você aparecer, eu ia mesmo bater na casa da Glória.

Aracy some no quarto e volta para a sala com um embrulho em papel de seda.

— Encontrei nas coisas do Rômulo. Pensei em lhe dar.

Joel rasga o papel.

— Uma pedra.

— É um cristal. Está limpo, deixei toda a noite na água com sal.

— Uma pedra, limpa?

— Um cristal. Limpo de energias anteriores. Pronto para lhe auxiliar.

— E eu faço como, esfrego a pedra no corpo?

— Deixa por perto. Pode ser na mesinha de cabeceira. Ou pode usar como um pingente, junto a essa tua medalhinha. Esse aí quem é?

Joel beija a medalha.

— Santo Expedito, protetor dos repórteres.

Aracy levanta as sobrancelhas, pondo em dúvida a reputação do santo.

— O citrino é o cristal perfeito para você. Auxilia os ossos e os rins.

— Eu preciso de uma pedra para o fígado. E outra para o pulmão. Também seria bom ter uma para as costas e para a cabeça.

— Pois justamente. O citrino substitui tendências suicidas por autoconfiança.

— Ah, isso? Eu mudei de ideia.

— Você poderia desabafar. Ia te fazer bem.

Joel acaricia a barba e toca o cristal. Olha Aracy. Os olhos atentos, o batom vermelho, os variados hibiscos justapostos na lycra do vestido. Uma mulher, pronta para cuidar e ouvir, como todas as que conheceu. Ele senta no sofá de Aracy. Ele ignora o rosnado dos chiuauas.

— Você se lembra do caso do menino preso pelo cinto de segurança e arrastado por sei lá quantas ruas? — Joel pergunta.

— Aqui meu braço. Até hoje se arrepia.

— Os assaltantes pararam a mãe num sinal. O menino estava no banco de trás. Levaram o carro antes que ela terminasse de tirar o filho do assento. Aceleraram com o menino preso ao cinto, sendo arrastado pelo lado de fora.

— Prefiro não lembrar.

— É impossível esquecer. Faltavam duas semanas para eu me aposentar. Duas semanas, para uma vida fazendo palavras cruzadas e jogando gamão. Eu estava casado com a Beatriz. Começando de novo. Prometi que dessa vez ia me comportar. Mulher satisfeita, filho pequeno, apartamento decente de subúrbio, boteco honesto com cerveja gelada na esquina. Naquela noite eu estava de plantão.

— Mas que conversa desagradável, você quer mesmo falar sobre isso?

— Chegamos antes da polícia. Eu não devia ter me forçado a ver. O menino foi arrastado por quase um quilômetro. Esfolado. Comecei a cantarolar.

— Você é maluco.

— Estou falando porque você pediu. Quer ou não quer ouvir?

— Eu estou ouvindo.

— Tira a mão dos olhos.

— Estou bem assim.

— Tira as mãos dos olhos.

É um movimento brusco e inesperado, e Aracy demora uns segundos para perceber que não tem mais o rosto protegido pelas palmas das mãos e que os pulsos estão seguros e pressionados pelas mãos de Joel. O rosto dele está junto ao dela, os olhos muito abertos esperando que ela o encare, o que ela faz, com os ombros côncavos em inútil proteção.

— Todo mundo nessa cidade age feito criança — ele diz. — Fecha os olhos e acha que está tudo bem. Mas que inferno, diz pra esses cachorros pararem de latir.

— Você está me atacando. Eles estão me defendendo.

— Defendendo de quê? Fui eu que testemunhei. Eu que vi o que sobrou do menino. Ninguém me defendeu. Ninguém me protegeu. Eu estava de olhos abertos, eu estou há todos estes anos de olhos abertos. Vendo o mesmo filme, de novo e de novo. Agora me diz: que tipo de sociedade é capaz de gerar um mal tão puro quanto o que se passou ali?

— Você está me machucando.

Joel larga os pulsos de Aracy e afasta o corpo.

— Você não sabe de nada. E quando sabe é um pedaço. Só o que cabe nos dez centímetros da reportagem. Em dois minutos na TV. E se quiser pode mudar o canal, pensar noutra coisa. E fica acreditando no que lhe convém, esse montão de mentira que recebe nessas porcarias de aplicativos. Você quer que eu fale? Pois muito bem.

Joel sai do apartamento, e volta com a caixa de papelão.

— Me traz uma água — ele diz, jogando a caixa na mesa.

— Eu hoje vou tomar um porre de água. Mas que inferno, para de latir, Leilane.

— Minha cachorra se chama Letícia e esta não é Letícia, é o Bernardo.

Joel vira a caixa na mesa de centro. Recortes amarelados de jornal cobrem a superfície de madeira.

— Matilde começou a recortar. Eliane continuou. Tive pena de jogar fora e fui levando de casa em casa, que nem cauda. Era a única coisa de que minhas ex-mulheres abriam mão. Quer que eu fale? Taí, ó. O Rio das reportagens que eu fiz.

Aracy olha atenta para Joel.

— Eu estou ouvindo — ela diz.

144

Joel aponta os recortes.

— Tá aí.

Ele vai falar. Ele quer falar. Por tanto tempo parecia claro. Seria tão fácil dizer o que sentia.

— Tá aí. Nem é... tudo.

Aracy permanece atenta, e pela primeira vez olha Joel para além da figura de bêbado, fracassado e suicida. É compaixão que Joel nota, e ver-se assim pelos olhos de alguém desperta nele o alívio que precede o choro.

— Você devia jogar isso fora — ela diz.

Ele obedece como um menino. Funga e seca o rosto na manga da camisa, empurra cabisbaixo os recortes de jornal para dentro da caixa. Dirige-se até a janela.

— Assim não. Coitado do gari, vai ter que varrer toda essa papelada... — diz Aracy. — Joga no lixo mesmo. Eu te ajudo.

Aracy empurra para dentro da caixa os últimos recortes sobre a mesa.

— Vamos — ela diz, oferecendo a mão para Joel.

Ele se levanta e aceita ser guiado por ela. Seguem até o lixo do prédio, com Aracy pousando levemente a mão nas costas de Joel. Ela abre a porta, e pela tubulação Joel se desfaz dos recortes. Papéis amarelados e quebradiços planam por breves segundos. Ele percebe leveza e um sentimento agradável nascido de uma memória distante. É preciso esforço, é raro ele se lembrar de algo bom, mas há momentos e são muitos. Joel se lembra da chuva de papel picado caindo do alto dos prédios do Centro no último dia do ano. A imagem urbana turvada pela chuva branca em silenciosa celebração coletiva. Ele havia escrito algumas vezes sobre o ritual, esse despojar-se de um ano em toneladas de papéis velhos como preparação para o próximo. Isso foi antes dos computadores, antes de o Centro se esvaziar de gente e de trabalho, isso foi antes de tudo. Agora ele está de frente para a lixeira com uma antiga caixa repleta de antigos recortes de jornal. É o seu ritual, a sua chuva de papel, e enquanto procede ele recorre às lembranças de outro Rio, dizendo a si mesmo que era bonito.

21.

Em meados de agosto a campainha toca. Pelo olho mágico Joel vê um homem segurando um envelope.

— Como você conseguiu subir?

— O portão estava encostado.

— Glória não está.

— É o senhor Joel? Eu preciso lhe entregar algo. Liguei algumas vezes mas ninguém atendeu.

O peito de Joel acelera. O dono da Kombi. Só podia ser o dono da Kombi com o processo contra ele.

— Aqui não mora nenhum Joel.

— Emanuel? Nataniel? Me perdoe se errei o nome. Dona Glória me falou muito bem do senhor.

Joel volta a espiar pelo olho mágico. É um rapaz. De pescoço verde. Parece um morro despontando pela gola da camisa, o cume no pomo de adão. Uma serpente tatuada no braço desce pela manga da camisa e termina de boca aberta nas costas da mão. Entre o braço e o tronco do rapaz, um envelope bege tamanho ofício.

— O que você quer?

— Entendo se o senhor prefere não abrir. É um risco, mesmo comigo de máscara. Vou deixar do lado de fora. Cópia da entrevista com dona Glória em fitas cassete. Ela me pediu. O senhor é o jornalista contratado para ajudá-la a escrever, não é?

— Ah, quem me dera ter um contratinho.

— Dona Glória me contou sobre todos os prêmios que o senhor recebeu.

Joel abre a porta, mas mantém a corrente presa à tranca.

— Joel Nascimento, meio século nas redações cariocas. A seu dispor.

— Mas que falta de sorte, tropeçar na escadaria do metrô e fraturar a perna. Ela disse que o senhor aceitou o contrato para redigir o livro junto com ela enquanto se recuperava. O livro para a editora Fernandez...

— Gonçalves.

— Exatamente. Minha avó Aparecida me contou sobre o falecimento da dona Glória. As duas eram muito amigas. Meus sentimentos — ele diz, passando o envelope pela brecha.

— Obrigado.

— Seu Joel?

— Diga.

— Se as fitas derem problema, eu faço outra cópia. Ando pensando muito em dona Glória.

Joel fecha a porta. Ele escuta o ranger das correntes do elevador e o tranco do freio. Pressiona o envelope, calcula o volume de quatro ou cinco fitas cassete. No armário do quarto ele encontra um gravador antigo. Coloca a fita de número 1, aperta o play.

Um dois três, gravando, um dois três, gravando. Meu filho, isso está funcionando? Vai caber tudo aí dentro? É tão pequenino, como é que pode. No meu tempo, gravador era parrudo. Um tijolo preto deste tamanho. Cláudia tinha um, deve estar por aí. Sony, comprei na Mesbla do Passeio Público. Pesado e caro, as fitas eram por fora, importadas. Às vezes o gravador comia a fita do cassete, saía dali uma macarronada marrom, e aí, ó, babau. E dava mofo nas fitas, sabe como é. No Rio, só recém-nascido não mofa. Gravar era um processo complicado, mas pelo menos eu via o cassete, sabia para onde tinha ido a minha voz. Agora, tenho dúvidas. O que eu vou lhe dizer, pode se perder no seu telefone.

Você me pediu um começo. São muitos. Desde que sua avó Aparecida me ligou para avisar sobre a entrevista eu estou pensando em um. Tão simpática, a sua avó. Cada vez mais jovem. Da última vez que nos vimos, percebi um arrebite no nariz. As narinas de Aparecida parecem agora dois olhos abertos, encarando a gente. Interessante, o seu nariz é diferente. Parece autêntico. Você deve ter puxado o seu pai.

Quer uma água? O banheiro é a primeira porta à esquerda. Fique à vontade. Digo isso porque você pediu e eu vou falar. Pelos cotovelos.

Um começo. Preciso pensar. É que eu passei a vida tentando esquecer, então na hora de lembrar o trabalho dobra. E a quantidade me atordoa. Eu e o Antigo Testamento, estamos assim de passado.

Já sei. Não vou te dar um começo. Eu vou te dar um fim. Vou te contar o que aconteceu no almoço de Páscoa na casa da tia Nice.

22.

Em setembro ainda faz frio, e para se aquecer Joel se deita no pátio pela manhã, cardigã como travesseiro entre a cabeça e o concreto. Mãos no peito, olhos fechados, pés em V. O calor do sol sobre o corpo é como um carinho e faz Joel pensar em Deus.

— Tá aí, camarada? No troninho? Conveniente. Olhe para baixo. Aproveite a vista panorâmica. Elimine as montanhas ao redor. Dá um close no montão de cimento escurecido por mofo, vem chegando mais perto e mais perto. Vem, camarada, se achegue ao feio. Vem ver sua obra. Esse homem todo errado, estirado no pátio velho do prédio velho. Tá me escutando? Responde, se tu é Deus. Me dê um sinal. Qualquer sinal. Que caia sobre mim um anjo, uma bênção, um avião.

Os prédios em torno do pátio estão em silêncio. Não há nuvens no céu.

— Anda, responde, se tu é Deus. Faz cair qualquer coisa. Um cocô de passarinho. Um celofane de bombom.

Nesta manhã ele pensa também em Katilene, a cuidadora-cozinheira-empregada-acompanhante com quem havia sonhado passar os anos de velhice. Dessa vez a hipótese não lhe parece absurda. Dali a bem pouco ele deixaria de pagar pensão. Não precisava pagar aluguel. E poderia contratar alguém. No Rio as Katilenes abundam. Mulheres novas mas nem tanto, não muito inteligentes e sem serem burras. Com pouco estudo e poucos recursos. Precisando de trabalho honesto e às vezes nem tanto, para fazer as unhas e pagar a conta do celular. Dessas mulheres que sabem apreciar a virilidade dos homens maduros. Ela e ele, quase um casal. Fazendo coisinhas. Katilene ajudando Joel a calçar os mocassins. Os dois caminhando de mãos dadas até a praça. Os outros homens olhando comprido. Ela dizendo, "Fritei uns bolinhos de chuva ainda agorinha. Acabei de passar no açúcar, come enquanto estão fresquinhos". Ela sentando ao lado dele para ver a novela. Joel pousando a mão sobre o jeans apertado. "Ah, eu não posso com o senhor, seu Joel", ela diria, de um jeito docinho.

Joel se estende em interações imaginárias com a cuidadora ideal. E se dá conta de que é a primeira vez em muito tempo que faz planos. Tanto que é preciso reimaginar Katilene, o que ele faz em agradável exercício, dando a ela cabelos negros e encaracolados, pulseiras douradas, esmalte rosado nas unhas bem-feitas. O perfume dela é bom sem ser caro ou barato. Algo assim, do Boticário. Presente dele no dia do aniversário dela, velinhas do bolo sopradas durante o pedido, com ele pedindo também em segredo para não morrer sozinho.

Joel cochila no sol. Acorda com o focinho frio dos chiuauas na bochecha. Na sala, Aracy assiste TV.

— A TV daqui é melhor — ela diz.

— Deve ser mesmo extraordinária para você vir de Iguaba até aqui.

— Minha cunhada é pessoa difícil de lidar. Acorda e liga o celular, passa o dia brigando com os outros por aplicativo. Os chiuauas ficaram estressados. Letícia perdeu pelo, está tomando bolinhas de homeopatia. Sobras de um tratamento de Rômulo para calvície. Foi a sorte porque, se tivesse que comprar hoje, minha cachorrinha ficaria careca. Ah, Joel. Não sei como vai ser. Batom ninguém mais usa. Brinco atrapalha o elástico da máscara. Glória me ajudava a vender. Cláudia levava para o Fórum. "Tia Aracy, vendi em três dias a sua cota do mês", ela me ligava contente para dizer. Mulher coloca algo no dedo e já se sente melhor. Tudo abstrato, mas quando quer comprar é a conta no banco que fica abstrata.

— Você vai embora depois do jornal?

— Ih, meu filho, tá com pressa? Eu hein.

— É só porque eu tenho uns compromissos.

— Você? Numa terça-feira de pandemia? Ah, me poupe. Vou ficar para o filme da tarde. Eu nesse apartamento tenho espaço cativo. Muito ajudei Glória na educação da filha. Eu chegava do trabalho e vinha ficar com a Cláudia para ela terminar as encomendas de empadão. Glória passava o dia de pé na cozinha. Se as paredes desse apartamento falassem, diriam para ela se sentar. Mas enfim. Eu fico nesta sala quanto tempo quiser. Cláudia dizia que nós, mulheres, tínhamos que lutar pelo nosso espaço. Terminou no caixão.

O telefone começa a tocar.

— Tem que atender — diz Aracy.

— Certamente não é para mim.

— Você sabe a consequência de ouvir um telefone tocar e não atender?

— Não saber quem foi que ligou para uma pessoa que não era eu?

— A consequência, Joel, é carma ruim. Depois se acumula, reveses se dão. Olha aí, está tocando de novo. É melhor você atender.

— Eu estou me sentindo mal, vou me deitar um pouco no quarto.

— Covid? Onde você foi? Com quem você esteve?

— Não é esse tipo de mal-estar. São palpitações, melhoram quando eu descanso.

— Como se você fizesse outra coisa.

— Eu ouvi o que você disse.

— Estava falando com Letícia e Bernardo. De qualquer modo falei a verdade. Gente do céu, esse telefone não para. É a terceira vez. Você devia atender.

— Alou?

— É da casa da dona Glória?

— Quem gostaria de falar com ela?

— Aqui é o Gonçalves.

Dona Glória estava atrasada em seu compromisso com a editora, ele disse. Joel mencionou imprevistos e prometeu averiguar sobre o manuscrito, ao que foi informado sobre a fluidez do prazo de entrega (escritores produzem no ritmo subjetivo dos pensamentos artísticos) e a urgência do pagamento pelos serviços (parceiro, eu tenho estômago, contas a pagar e uma esposa recém-demitida).

— Deve haver um mal-entendido — disse Joel.

— Não existe mal-entendido em questão bem documentada — respondeu Gonçalves. — Eu tenho o contrato assinado, no qual ela se compromete a pagar pelos serviços de edição e impressão de quinhentos exemplares de obra autobiográfica. Dona Glória está atrasada no pagamento das prestações. Posso lhe enviar uma cópia dos boletos vencidos.

— Rapaz, eu sou uma espécie de alvo de prestação. Mesmo quando eu não me mexo elas me encontram.

— Um dinheirão, meu amigo. Em recursos humanos e materiais. Já fizemos a arte da capa, compramos o papel, e dispusemos de valiosas horas por telefone em consultoria editorial. Tudo isso, parceiro, e nenhum dim-dim.

— O manuscrito não está pronto.

— Com quem eu falo?

— Joel Nascimento.

— O jornalista ferido na perna depois de um tiroteio na Maré?

— Ele mesmo.

— Dona Glória me falou sobre o senhor. Disse que era questão de meses até ela me entregar o original e pagar as prestações. Isso tem quase um ano, meu amigo.

— Eu vou ver o que posso fazer.

23.

Hoje você veio cedo. Quer um copo de água? Vou trazer. E as bananas, tem que comer antes que fiquem pretas. Sua avó Aparecida não pode ver pinta em banana, vai logo fazendo doce. Você gosta? Imaginei. Ninguém gosta. Doce de banana é uma forma de piorar o açúcar e a banana. Nunca vi alguém dizer: estou com um desejo imenso de comer doce de banana. Aparecida incluiu a receita num livro um tanto irresponsável, para não dizer outra coisa, publicado pela editora Gonçalves. Não vou lhe dizer por que é irresponsável. Pergunte a ela. Creio que terá problemas com a justiça. Eu também estou com um projeto com eles. Idôneo.

Já está gravando? Pois então.

É curioso que quando as pessoas precisam de respostas procuram onde não tem. Quer silêncio maior que o de uma igreja? Por essas e outras eu passei a frequentar o terreiro da Aracy. Mãe de santo tem boca, por onde saem palavras, que mal ou bem servem de guia. Mamãe pensava diferente. Depois da morte de papai na casa do Leblon, ela procurou respostas em santo mudo e padre se repetindo na missa. Longos domingos eu passei na igreja. Contando quantas vezes podia balançar os pés até a mulher no banco da frente virar o pescoço e me fincar uns olhinhos verdes. Mamãe colocava a mão na minha perna e eu parava. Ela esquecia, eu voltava a balançar os pés. Olhinhos verdes, mão de mamãe na minha perna. Ela esquecia, eu balançava. Olhinhos verdes, beliscão. Do meu lado e na lateral da igreja jazia um Cristo morto em redoma. Tamanho real, a pele rosada e com viço, filetes de sangue escorrendo de furos profundos nos pés e nas mãos. Coroa de espinhos sobre os cabelos castanhos. Eu achava que os cabelos eram de verdade. Meu irmão Pedro dizia serem de mentira. Muito me imaginei tirando Cristo da redoma, jogando longe a coroa de espinhos e cuidando de cada ferida. Não entendia como um Cristo em sofrimento, seminu na madeira dura da redoma fria, permanecia indiferente a tantos devotos. Se dependesse de mim, eu teria coberto aquele Cristo de mercurocromo. A pessoa, meu filho, quando nasce para cuidar se entretém até com gesso.

A mulher de olhos verdes se chamava Esmeralda. Ela e mamãe se tornaram amigas e passavam as tardes em nossa sala.

— Eu não sei como vai ser — mamãe disse mais uma vez depois do cafezinho.

— É mais comum do que você pensa — disse Esmeralda.

— Sabe a Eduarda, a jovenzinha do caixa da padaria? Sabe o prédio desabado há pouco no Centro? O marido estava ali para lhe comprar uma pulseirinha. Morreu esmagado. Virou patê.

— Que tragédia...

— Os bons vão primeiro.

Mamãe moveu a cabeça de um lado para outro. Esmeralda para cima e para baixo. No corredor eu mal respirava. Três versões do marido esmagado pairaram no apartamento.

— Também a Dóris, a inglesa do casarão na Uruguaiana. O marido... — sussurrou Esmeralda — enlouqueceu. Meu quarto dá para os fundos da casa, de modo que eu ouvia os gritos. Na língua deles, mas sabe como é, desespero não se traduz. E eu vi, eu vi! O dia da internação. Enfermeiro do Pinel passando por mim na calçada, senti um vento frio com cheiro de éter. Minutos depois ele saía pela porta, homenzarrão louro chorando, envolto em camisa de força.

— Pobrezinho...

— Choro de cachorro. O gringo gania, minha filha.

— Bom saber que não sou a única a sofrer.

— Claro que não. Mas a Eduarda é jovenzinha. Vai casar de novo assim, ó. E a gringa tem dinheiro, e é bonita.

Mamãe começou a chorar.

— A família do seu finado esposo já se coçou para te ajudar?

Mamãe tapou o rosto, sem conseguir falar.

Antes de cortarem o telefone, ela ligou algumas vezes para Clécio. Nenhum retorno. As tias sumiram, e Jaime se mudou com a família para o interior. O caso do lustre havia se espalhado como saliva pela boca dos cariocas, e nem mesmo os bons de coração, que viam na iniciativa de Jaime um ato heroico em vez de fratricídio, se dispuseram a frequentar o consultório ainda em financiamento no edifício Marquês do Herval.

Só voltamos a ver a família de papai uma única vez. Foi no Natal daquele ano. Minha mãe passou a véspera fazendo pavê. Eu e Pedro com fome, ela, "Toma água que passa". O pavê ficou pronto, ela olhou de perto e de longe. Levantou o pirex como se fosse jogar longe. Abriu o armário, pegou o primeiro prato, atirou no chão. O pavê ficou feio, vou refazer, disse, jogando a maçaroca numa cuia, formando uma lama comida por mim e pelo Pedro até enjoarmos. Onze da noite, mamãe na cozinha de olheira e cabelos sujos, as lascas de louça no piso, e o novo pavê perfeito, a camada de creme de leite cobrindo o pirex como neve.

Na noite de Natal pegamos o ônibus até o Leblon. Eu me

lembro tão bem dessa viagem. Ruas escuras, janelas das casas e apartamentos iluminadas com gente conversando dentro. Cada homem que eu via pensava ser um pai. Na casa do Leblon, mamãe entregou o pavê para Nice. Nice entregou o pavê para a empregada.

Mamãe estava acanhada, como se fosse errado estar ali e fosse a culpada pela viuvez. Pedro se juntou aos meninos correndo no quintal. Fui para a varanda brincar com a minha prima. Ela estava sentada numa cadeira de treliça, penteando uma boneca nova. Perguntei se queria brincar.

— A minha mãe me contou — ela disse.

— O quê?

— Que você viu o seu pai morrer.

— Eu não vi.

Ela continuou penteando a boneca. Os cabelos eram longos e lustrosos.

— Ela disse que teve muito sangue.

— Não teve. É mentira. Eu não vi. Não foi assim.

Minha prima levantou os olhos por uns segundos. Voltou a baixar.

— O tapete da sala de jantar é todo vermelho por causa do sangue do seu pai.

Na hora da ceia, Nicinha foi nos chamar. Dessa vez não havia a mesa das crianças na sala. Mamãe caminhava para a mesa de banquete quando foi abordada por Nicinha.

— Clécio chamou uns amigos — disse. — Montei uma mesa na cozinha. Como vocês são de casa imaginei que não iriam se importar.

Comemos junto aos garçons entrando e saindo da copa. Junto ao pirex de pavê coberto com papel-alumínio.

Mamãe continuava chorando.

— Vai ser difícil, mas você vai superar — disse Esmeralda, estendendo o braço fino pelos ombros curvados da minha mãe.

— A igreja serve sopa. Às vezes com pão.

Pelas conversas das duas aprendi que estávamos vivendo com os caraminguás enviados pelo meu avô, um técnico do Judiciário aposentado em Juiz de Fora, e que os tais caraminguás mal davam para cobrir as contas de água e de luz. Eu só tinha visto meu avô uma vez. Era um homem tremente.

— Um velho débil, prestes a morrer — disse Esmeralda. — E aí, como vai ser?

Nessa tarde, depois de Esmeralda sair, mamãe se ajoelhou na frente do único símbolo cristão em nossa casa. O calendário com a imagem de Nossa Senhora da Penha, brinde da mercearia.

— Se eu voltar a me casar eu prometo. Eu prometo, Nossa Senhora! Subir as escadarias da igreja da Penha de joelhos.

24.

— Você voltou a trabalhar? — pergunta Aracy.

— Fui contratado para um projeto editorial — Joel responde. Ele está sentado à mesa de jantar, escrevendo em páginas de ofício. — Que dia é hoje?

— Quarta-feira. Quero dizer, quinta.

— Que dia do mês?

— Dia 20, acho eu. Está tudo misturado na minha cabeça.

Aracy espicha o rosto para ver o que ele escreve.

Joel afasta o corpo e cobre o papel com as mãos.

— Não se preocupe. Eu teria que fazer um curso para traduzir esses teus garranchos.

Ele volta a escrever. A caneta falha.

— Sabe onde eu consigo outra caneta?

Aracy se levanta, some no quarto de Joel. Abre armários e volta com um estojo.

— Leandro deixou. Para se acaso precisasse.

— Isso?

Aracy pega o estojo de Joel, estuda o objeto e volta a entregar.

160

— Qual o problema?

— É um estojo da Hello Kitty. Isso é meio...

— É um estojo inteiro. Tem borracha, lápis, apontador. Até régua o estojo tem. E uma porção de canetas.

— Cheirosas.

Aracy pega novamente o estojo, tira a tampa de uma caneta, testa a ponta no jornal que está sobre a mesa.

— Funciona, não funciona? Então.

— Eu gostaria de ter um material de trabalho decente.

— "Decente" não é sinônimo de "novo". Eu estou lhe dando um material decente. Cláudia usou, Glória guardou o que prestava. Bom saber dessa sua volta ao trabalho.

— Eu fiz umas ligações — ele diz, tirando a tampa de uma caneta rosa. Cheira a ponta e deduz um aroma de morango falso.

Volta a escrever. Aracy permanece atenta.

— Que cara é essa? — ele pergunta.

— Ainda pensando na sua letra.

— Funciona, não funciona? Então.

— Não funciona.

— Benzinho, quando a gente escreve de cócoras atrás de um carro durante um tiroteio no Morro do Alemão a letra sai assim.

— Eu não sou seu benzinho e você não está no Alemão.

— Graças a Deus pelos dois.

— Impossível saber se isso é um V ou um R. Aquilo ali pode ser crase ou risco. Eu tenho um computador em casa. Sem uso. Rômulo ganhou por serviços prestados de consultoria. Você pode usar.

Ela não vai parar de falar, Joel pensa.

— Tenho pressentimentos. Rômulo desencarnou mas permanece entre nós. Quando estou na sala, sinto a presença dele no quarto. Quando estou no quarto creio que ele está na sala. Os cachorros rosnam para a parede.

Ela nunca mais vai parar de falar.

— Muito comum. Espíritos estagnados, por uma ligação maior com a bebida, com o jogo e o dinheiro. Os mais desenvolvidos resistem à passagem devido aos afetos encarnados.

É só ele ignorar. E se ater ao que escreve. Ele é importante. Está ocupado.

— Rômulo era pessoa de muito afeto. Quando foi preso me ligava todos os dias. Então, quando uma pessoa muito apegada morre, é preciso rezar por ela. Na igreja ou num lugar aberto. E nunca em casa, porque se é em casa, ela entende como chamado.

Aracy se inclina novamente sobre o caderno.

— Você deveria ter feito caligrafia na escola.

— Eu deveria ter passado mais tempo na escola.

Ele pega um dos chiuauas junto aos pés.

— Letícia está com conjuntivite. Veterinário receitou colírio. Consegui pagar. O rapazinho da farmácia vai chegar daqui a pouco.

— Hã-hã.

— É novo, o rapazinho. O outro morreu. Pegou covid e se entupiu com a cloroquina do estoque. Tomou overdose e teve um ataque do coração. Vinte e nove anos. Ia se casar mês que vem.

Se ele permanecer escrevendo ela vai desistir.

— A mãe dele é minha manicure. Aliás, era. O salão fechou. Mas mesmo se continuasse aberto eu não teria condições financeiras para frequentar. Era filho único. O presidente disse que podia tomar cloroquina, que inclusive já havia tomado. Então as pessoas acreditam.

Aracy inclina o corpo sobre o caderno.

— Por falar em coração, isso parece um eletrocardiograma.

Joel dá um murro na mesa. Aracy começa a chorar.

— O que foi agora?

— As pessoas... as pessoas... vivas... morrem — ela diz. —

Rabecão chegou, levou um casal do quarto andar. Pai e mãe do Rodnei, o marido de uma amiga, com câncer, cortaram primeiro o pé, e agora a perna. Um bom homem, indo embora, picotado. São as mortes de sempre e as desse vírus... Minha amiga... morreu no táxi a caminho do hospital. E nem cheguei nas dificuldades financeiras, que são, e vão ficar, eu já nem sei...

Junto aos pés de Aracy, os chiuauas ganem. Joel se irrita. Com Aracy, e por se irritar com Aracy. Mas ele não quer ser bom. Ele quer ser ocupado. Ele sabe o que tem que fazer. Ele deve dizer que está ali. O braço em torno do ombro diria. A disposição para ouvir diria. Joel não se move. Aracy chora. Ele vira o rosto para ela. É o máximo que se permite. Aracy percebe, e também se vira para Joel, olhos borrados por lápis marrom. Joel se desarruma por dentro. É algo de muito humano que sente e teme. Envergonhado, sem jeito e com raiva, ele se aproxima. Aracy permanece chorando.

— Eu estou aqui — ele diz.

— Você e um boneco de posto dá no mesmo.

— Para o que você precisar.

Aracy seca as lágrimas e tenta falar. As palavras saem entre soluços.

— Para o que eu precisar?

— Para o que você precisar.

Ela seca o rosto novamente. Os chiuauas ganem.

— O bobó de camarão feito por Rômulo. Eu não posso jogar fora. Eu não tenho condições de comer sozinha.

Pensar em Rômulo faz Aracy voltar a chorar. Joel não quer bobó de camarão. Aracy prossegue, num choro baixo e doído. Joel se aproxima. Os ombros se tocam. Ele pensa em colocar a mão sobre a cabeça dela. Mas se acanha, acha que fará errado e que não tem esse direito. Joel é diferente dos outros. Ele se despreza, e acha que a atenção e o carinho das mulheres não é dado a ele por merecimento, mas porque elas vivem para cuidar. Ele sabe tão pouco, e sente na inércia diante de Aracy essa ignorância. Os ombros permanecem se tocando durante todo o tempo em que Aracy chora, cachorros ganindo a seus pés, e durante o qual o novo entregador da farmácia ajeita a sacolinha de plástico fino na cesta da bicicleta, abre o cadeado com a corrente atada ao poste, segue pedalando por dez quadras com calçadas vazias e lojas fechadas da Conde de Bonfim, dobra na rua Itacuruçá, encontra o prédio, passa pela portaria, ajeita a máscara no rosto e vem chegando, pelo elevador, com o colírio para o chiuaua.

25.

Eis que agora Joel tem responsabilidades. Um prazo para cumprir e atividades profissionais realizadas em ambiente adequado. Ele tem hora e motivo para se levantar e vestir roupas de trabalho. É um repórter indo a lugares, um usuário de modernas tecnologias. Oito passos no corredor escuro. Bater na porta de Aracy e ser anunciado pelos latidos. A sombra no olho mágico, Aracy perguntando quem é, mesmo sabendo ser Joel. Duas trancas, quatro giros de chave. Joel toda vez pensa: essa mulher acha que mora num cofre. Chiuauas cheiram os pés e escalam as canelas de Joel. Ele segue até o canto da sala, onde fica a mesa estreita com o computador.

A cadeira giratória de encosto alto e rodinhas é confortável. O café preparado por Aracy é forte. O cheiro curtido e morno dos chiuauas lhe pareceu a princípio fedido e sufocante, mas depois se tornou peculiar, em seguida familiar, e depois agradável.

Nesta manhã, como em todas as outras, Aracy ronda a sala como uma mosca cansada. Pergunta se Joel quer outro café, emenda que o preço do café está pela hora da morte, ela não sabe como vai ser. Ele está assoberbado e não pode prestar atenção. É inevitável, ele pensa, e intrínseco aos escritores, o descolar do entorno para o mergulho no mundo superior das ideias. Pessoas comuns não entendem. Mulheres não entendem.

O jornalista que vem morar comigo tem sabedoria e é respeitado. Que nem o William Bonner, aliás, melhor. Leandro disse que ganhou prêmios. Creio eu que entrevistou vários presidentes, tem bom faro para a notícia. Por isso se interessou pelo meu livro. Fim de semana passado, tirei uma porção de coisas do quarto da Cláudia para ele colocar os ternos, os sapatos de couro, as estatuetas. Falando em sapato, meu filho, você deveria cobrir os pés. Andar por aí com chinelo de dedo não é higiênico. Mesmo com vista cansada posso ver esse teu calcanhar encardido pedindo uma bucha. Não sou de me meter na vida dos outros, mas sou generosa em observações: peça para a sua avó um par de sapatos. Aparecida comprará com gosto, no shopping de onde não sai.

Onde estávamos? Me lembrei.

Eu tinha quinze anos. Na rifa da igreja, ganhei uma excursão com acompanhante para Foz do Iguaçu. Aracy já havia se mudado para o prédio e combinamos de irmos juntas.

Ah, meu filho, essa viagem. Muito treinei a grande entrada na rodoviária, segurando a frasqueira da vizinha. Na noite anterior mal dormi, e me vesti com a melhor roupa para subir os degraus do ônibus semileito. Eu estava prestes a deixar o país! Prestes a conhecer o mundo! Viajei em plenitude, corpo estendido na cadeira reclinável, cabeça da Aracy pesando em meu ombro, ela cochilou daqui ao Paraguai. Tudo me parecia sofisticado. A temperatura amena do ônibus, o som aveludado do motor, as paradas nos restaurantes de beira de estrada, os homens e as mulheres que decidi estrangeiros já na divisa com São Paulo. Pela janela o cenário parecia infinito. Tratei como longa-metragem, mal dormi para ver tudo. Meio da noite, a estrada ficava escura por muito tempo, meus olhos quase fechavam, mas então aparecia um vilarejo, um posto de gasolina, e eu absorvia. Então era isso, o Brasil.

Atravessar a fronteira me causou palpitações. Chegamos no hotel, e que noite memorável, essa numa cama diferente, num lugar que me era estranho. No dia seguinte fomos ver as cataratas. Descemos do ônibus, todo mundo com camisa amarela atrás do guia com bandeira. O guia falava, duas ou três pessoas tiravam fotos, Aracy abriu um pacote de biscoitos.

Caminhei para longe do grupo com meu coração crescendo no peito. As centenas de quedas-d'água, as nuvens no céu a perder de vista, a vegetação em tons de verde e marrom, a neblina branca e fria, aquela água toda, era tudo tão... muito. Eu não vi cores, mas camadas de cores, e não era um som, mas um rugido, e o cheiro fresco e molhado e a amplitude... Era tudo... era algo assim... que não cabia. Seguimos por uma passarela sobre a água. Era gente reclamando do frio, colocando capa de chuva, falando pelos cotovelos, o guia lá na frente gritando, mas tudo o que era ruído se anulou.

As cataratas eram parte de um mundo maior, melhor e diferente. Um mundo que eu tinha o direito de apreciar. Mas foi um segundo. Depois veio um pânico, apertei a mão da Aracy, ela largou o pacote de biscoitos. "Glória, se esse pacote cai no rio o guardinha me prende. Está tudo bem", ela disse.

Mas não era medo. Era a noção da vastidão da paisagem, da grandiosidade do que havia diante de mim, e a consciência de que havia muito mais para conhecer e experimentar.

Ah, eu queria tanto! Queria uma vida do tamanho daquela paisagem. E prometi que teria.

O quê? Se eu decidi estudar? Ha-ha, meu filho, você é gaiato. Eu tinha medo dos livros. Ainda hoje, leio um pouco e sinto que o livro foi feito para outra pessoa, melhor. Eu estou penando para escrever um livro a mim encomendado pela editora Gonçalves. Sua avó Aparecida também publicou com eles, um livro de receitas copiadas do jornal. Eu não tenho nada com isso, mas plágio, você sabe, é crime. Deus me livre de ver sua avó envolvida em processo e cadeia. Mesmo se fosse para a justiça ser feita. Fiz apenas uma observação, a título de referência. O livro de Aparecida qualquer um faz. O meu requer esforço, e anda atrasado por dificuldades de formação. O senhor Gonçalves, dono da editora, sugeriu uma mocinha para me ajudar com o texto, por um valor. Perguntei o valor. Ele disse, eu respondi, "Meu caro, nem Deus pagaria isso para escreverem a Bíblia". Uma palavra depois da outra, de um livro saindo pronto pela minha boca não deveria custar tanto.

E para você ver como são as coisas: esse jornalista aclamado interessou-se pelo meu projeto. Aliás, você me faz uma cópia do relato, em fita cassete? Assim eu posso colocar no gravador da Cláudia para ele ouvir. Vai ajudar.

Mamãe dizia que eu não nasci para estudar. "Maria da Glória", ela dizia, "o que te falta aqui (cabeça), sobra aqui (pernas)." E de fato eu tinha (e tenho) as pernas longas, nos joelhos uma leve mancha, marcas do ralado do dia da morte de papai e também do dia em que... Estou me adiantando. Pode olhar. O que é bonito é para se ver.

Então eu pensei, voltando no ônibus de Foz do Iguaçu para o Rio, Aracy cochilando no meu ombro, cheirando a biscoito de queijo. Eu não tenho cérebro. Eu tenho pernas. Eu quero o mundo. Logo, vou ser aeromoça. Pairar sobre os continentes e ir morar longe para ser eu mesma, melhor.

Meu filho, aquilo não era uma ideia. Era holofote no certo, se acendendo diante de mim. Cheguei na rodoviária e peguei o ônibus para casa, louca para contar minha decisão para mamãe.

No hall ouvi a voz de Esmeralda. Ela vinha toda tarde, jornal popular embaixo do braço, cheirando a cecê. Gostava de ler as notícias com mamãe. Abri a porta com cuidado e me esgueirei pelo corredor.

— Afundaram o crânio do rapaz com um pé de cabra... — Esmeralda disse.

— Eu não sei onde esse mundo vai parar... — mamãe respondeu.

— Ia sendo castrado a dente!

— Tanta maldade no mundo...

— Se não desse um pulinho — Esmeralda sussurrou — teria perdido as joias de baixo.

Mamãe soltou um gemido. Ouvi Esmeralda virar a página do jornal.

— Esse aqui escaldou o filho.

Juro a você, se um dia eu estiver frente a frente com um desses repórteres urubus que colocavam essas porcarias no jornal, digo-lhe poucas e boas. Bando de mercenários. Vendiam a dor dos pobres para os pobres. Exageravam para vender mais. Banalizavam o sofrimento. Tiravam das pessoas o direito de sofrer em privado. Pobre nem sabe ter esse direito, de sofrer em privado. De não ter as entranhas de um filho expostas na primeira página, para o Rio inteiro ver.

Meu filho, nesta cidade até defunto tem privilégio. Se papai tivesse morrido em Caxias, teria sido manchete. Como foi no Leblon ninguém publicou a história da carnificina sobre as faianças de Nice. A família dela conhecia as pessoas certas. Esta cidade era comandada por cinco ou seis famílias. Tratavam jornal como álbum de figurinhas, só colavam nas páginas o desejado. Ainda hoje, capaz de ser assim. A tristeza dos ricos era privada, a dos pobres, um espetáculo.

De noite, na cama, cotovelo no travesseiro e cabeça apoiada na mão, contei meus planos para mamãe.

— Eu vou ser a melhor aeromoça — disse a ela. — Vou aprender francês e inglês. Meu cabelo vai ficar preso num coque. Vou voltar do Japão com presente para você e para o Pedro.

Ela me ouvia da porta, braços cruzados, cabeça encostada no batente. Eu me calei. Ela ficou em silêncio por alguns segundos.

— É bom ter sonhos — ela disse.

Demorei para dormir, achando que ela voltaria ao quarto para dizer mais.

26.

Em novembro Aracy bate na porta de Joel com o computador no carrinho de feira, anunciando vazamento no apartamento de cima.

— Chove na sala, imagina se dá curto, o curto bota fogo na cortina, o extintor não funciona, o bombeiro não chega, labaredas engolem o tapete e se alastram pelo sofá, o fogo avança até o quarto, eu perco tudo e vou para a rua. Nesta cidade não há marquise sem dono. Estou exagerando mas nem tanto, nunca se sabe, e pelo sim pelo não é melhor instalar o computador nesse cantinho. Rodnei vai me ajudar a trazer umas coisas depois.

Da porta ela vai para o sofá, chiuauas aos pés.

— Isso é pirraça do Rômulo. Creio que ronda o apartamento.

— Creio que Rômulo está ocupado.

— Ele não era um homem assoberbado. Gostava da nossa vidinha. Gostava também de apostas. O teto do meu banheiro está preto pelas tantas velas acesas por mim, para ele desencarnar sem amarras.

— Rômulo certamente tem mais o que fazer.

— Você está insinuando que ele não pensa mais em mim?

— Eu estou insinuando que ele está se decompondo.

— Grosso. Não fale assim do meu marido. Muito acontece que passa despercebido por olhos humanos. Eu pressinto. Digo mais. Os médiuns se reconhecem e você é um de nós.

Aracy sustenta o olhar de Joel. Ele vira o rosto para a tomada.

Joel se define como um cético com ressalvas. Acredita em bife a cavalo e contas pagas. Mas esse tutti-frutti abstrato, como ele definia fantasma, astrologia, comida vegana e fidelidade, é para ele balela. Claro que nem tudo se rebaixa ao nível das explicações. Estavam ali os terreiros para provar. "Há mais mistérios entre Magé e Itaboraí do que a nossa vã filosofia pode sonhar", ele dizia.

E teve essa noite. Uma segunda-feira de lua crescente e céu estrelado, de um mês qualquer. Joel deixou a redação por volta das sete. Já havia passado o engarrafamento e as ruas vazias pareciam dormir.

Isso foi depois dos anos 2000, quando ele havia se comprometido a de novo largar a bebida e resumir os cigarros a meio maço por dia. Joel se sentia forte. Sentia-se disposto e estranhamente jovem. Cogitou caminhar para uma gafieira na Estudantina. Bate-coxa noite adentro, com fôlego, sem tosse ou pigarro. Tomando guaraná e pegando número de telefone. Batendo coxa na esquina com a dona do telefone, imprensando a mulher contra o muro, os dois gostando da brincadeira macia e morna de tentarem ser um só.

Mas Joel queria ir para casa. Para o novo casamento com a jovem Beatriz. A união repentina e tardia era para ele uma surpresa. Que mulher, nos melhores anos e por livre-arbítrio, escolhia viver com um traste? Ele se fosse mulher trocaria de esquina ao ver um Joel. Mas eram imprevisíveis, as mulheres. E meio burras. E muito inseguras. Um amigo disse, "Joel, homem gosta de mulher. Mulher gosta de contexto". "E desde quando isso é bom contexto?", ele perguntou, apontando as duas mãos para a camiseta. Então, naquela noite para o casamento ele foi, em percurso agradável da praça Onze à Central. Avante em passos vigorosos, Joel Nascimento seguiu. Um homem a caminho do seu melhor.

Sete e meia da noite. Nenhum carro passando pela Presidente Vargas. Os prédios altos com as luzes apagadas, a lua crescente como um sorriso. Os pontos de ônibus vazios, a Central do Brasil deserta. Era incomum. Joel comprou o bilhete sem enfrentar fila, atravessou a área de embarque. Ao longe, duas ou três mulheres aguardavam nos caixas das lanchonetes, junto às vitrines foscas com salgados amarelados.

Vagão vazio, Joel sentou-se junto à janela e apoiou a testa no vidro. São Cristóvão-Maracanã-Mangueira-São Francisco Xavier-Riachuelo-Sampaio-Engenho Novo. O trem se movia, acelerava, desacelerava, parava. Os passageiros em silêncio, cansados, adormecidos.

No Méier eles entraram. Cinco homens com reco-reco, cuíca, pandeiro e tamborim, o de chapéu puxando um samba alegre e de versos tristes sobre escravos. A contradição do samba preenchendo o vagão de trem.

Ao lado de Joel o homem endireitou as costas e engrossou o canto. Levantou a mulher de vestido marrom e sandália rasteira, foi sambar no meio do vagão. Depois a mulher de calça apertada, e mais outra.

Surgiu sob o nariz de Joel o cheiro de fritura fria e um pote com rissoles, e na frente o rosto do rapaz no outro banco, oferecendo. Passou um garoto com isopor a tiracolo vendendo água e cerveja. Passageiros batucavam nas mochilas.

A música reverberava no vagão. O samba era hino e chamado.

O homem ao lado de Joel se levantou para dançar entre duas mulheres. Uma delas tinha o corpo maciço e endurecido pelo trabalho. A pele morena, os olhos puxados, os cabelos escuros alisados na altura dos ombros, sobrancelhas finas, braços gordos, seios fartos.

Essa mulher. Ela sorriu para Joel. Joel sorriu de volta. Os dentes eram bonitos. Ela veio chegando, em passo pequeno de samba.

O vagão vibrava. A mulher mais perto. A dois metros, um metro, meio metro de Joel. Ele afastou o corpo, pressionou a cabeça contra o vidro da janela. Ela se sentou ao lado.

— Joel.

Ele não sabia quem era ela.

— Ah, Joel. Como é bom te ver.

As pernas se tocavam. A mulher muito perto. Respirando ofegante, aquecendo as bochechas dele. Nunca tinha visto mais gorda, diria depois, ao recontar para si a história em prática para o encontro com os amigos do bar Amarelinho. Mas no encontro ele se calou, queria o momento só para ele. Tudo na mulher lhe era estranho. O cheiro, a voz, as feições. Ela no entanto insistia. Joel olhou mais e melhor.

Era Matilde. Ele tinha certeza. Matilde estava a seu lado, por trás ou por dentro da mulher. Ela colocou as duas mãos sobre as bochechas dele.

— Para que sofrer tanto, meu xodó...

Joel deixou o rosto pesar entre as mãos da mulher. Fechou os olhos. Ele vai se lembrar depois do conforto e do alívio da entrega.

— Dói — ele disse.

Passou a estação de Piedade, a de Quintino e Cascadura. Em Madureira ela se levantou. Já não era Matilde, só a mulher de corpo maciço e rosto cansado. Uma trabalhadora juntando-se aos outros, sambando e vivendo, afastando-se de Joel, indo para a casa distante, ela já na outra ponta do vagão.

27.

Eu sempre quis ter um neto grande feito você. Desses que a gente vê pequenino e quando olha de novo cresceu, e dá vontade de pedir o menino de volta, como se ele estivesse escondido em algum lugar dentro do murundu de barba. Senti isso com a Cláudia. De uma hora para outra ela espichou e ganhou corpo. E depois... Enfim.

Hoje acordei indisposta, sem vontade de contar. Mas me lembrei de um encontro que me marcou.

Uma semana depois da viagem a Foz do Iguaçu fui até a loja da Varig na Cinelândia. Era envidraçada, embaixo de um prédio de pilotis. Da calçada eu reparei na mulher atrás do balcão. Bem maquiada, de echarpe e cabelos negros presos num coque. Olhava sem interesse o movimento na rua. Parecia uma pintura. Entrei na loja. De perto ela parecia cansada.

— Você veio saber sobre a prova de aeromoça — ela disse.

Concordei meneando a cabeça.

— Preenche essa ficha.

Peguei a prancheta e me sentei numa poltrona. Na minha

frente, mesa com vaso de rosas, brochuras e esse aviãozinho ali, da minha estante.

— Como você sabe que eu vim saber sobre a prova? — perguntei.

Ela escrevia algum tipo de requerimento e não levantou o rosto do papel.

— Mulher sozinha, solteira e nova. Passagem para Paris não veio comprar.

Ela me olhou novamente, indecisa em falar. Baixou os olhos.

— E os sapatos.

Pressionei as pernas contra a base da poltrona. Meu filho, sapatos são alcaguetes. Definem pessoas, dizem a que vieram, e de onde vieram. Eu hoje só uso sapatilha Moleca, mas isso é porque nem fui para poder voltar. Você inclusive deveria trocar esses tênis. São melhores que os chinelos, mas parece que quando não estão nos seus pés são mastigados por um buldogue. Aparecida, já percebi, não é uma avó caprichosa. Uma pena. Neto meu andaria nos trinques.

Meus sapatos eram simples. Sapatilhas de couro negro e barato, engraxadas por mim de manhã, usadas fazia mais de três anos em ocasiões especiais. Meu aniversário. Natal. Aniversário da Aracy. O dia em que um colega de segundo grau me chamou para um sorvete, e andamos de mãos dadas até a lanchonete Palheta da praça Sáenz Peña. As mãos dele suavam. Às vezes eu disfarçava um coçar de nuca e secava as palmas na barra do vestido. Meu filho, resiliência é a arma das mulheres, e a maldição e a salvação. Eu aceitaria as mãos suadas, em troca de um reino de sala e dois quartos. Tudo neste mundo é questão de perspectiva. Mas o convite para novo sorvete nunca chegou.

Um casal entrou na loja. A mulher no balcão conversou com eles em francês. Terminei de preencher a ficha. Escorreguei o corpo para a ponta da poltrona, cotovelos apoiados nas coxas. Toquei o aviãozinho. Era sólido, moderno e elegante, um símbolo tangível do meu futuro ideal. Objeto que certamente me pertencia. Fingi interesse na brochura sobre as ilhas gregas e escorri o aviãozinho para dentro da bolsa.

Interessante... Agora, contando, eu percebo. O que se passou, e o motivo de lhe contar. Aquele afanar, o sutil sumiço do avião de metal caindo sobre o casaco na bolsa aberta e seguido de agradável taquicardia, foi a minha primeira rebeldia, a descoberta, quase intuitiva, de que eu precisaria me virar por métodos alternativos, porque o que eu desejava seria impossível conseguir.

O casal foi embora. Entreguei a ficha preenchida para a mulher. Ela estudou o papel. Eu estudei a mulher. Ela cheirava a perfume forte em vidro pequeno.

— Por que você quer ser aeromoça? — perguntou, sem levantar o rosto.

— Para conhecer o mundo.

— Meu bem, você não quer conhecer o mundo. Você quer fugir de onde veio.

Estremeci. Ela sabia, e eu entendi que sabia porque tinha estado no meu lugar.

— Todas querem. Duas ou três entram por essa porta diariamente. Com o melhor vestido. Com um desejo dissimulado. Elas me olham com timidez, têm um milhão de perguntas mas quase não falam. Desconfiam que a vida pode ser melhor, e que para ser melhor é preciso ir embora.

Aquela mulher. Ela havia fugido e conhecido o mundo. O mundo tinha dado voltas e a colocado de novo no ponto de partida. A loja elegante da Rio Branco era o que havia restado da ambição.

— Por que você voltou? — perguntei.

Ela me olhou surpresa. E eu percebi que o momento se tornava importante para ela.

— Voltei porque me apaixonei — ela respondeu.

A resposta me deixou confusa, porque a mulher parecia infeliz.

28.

Joel acorda com a voz exaltada de Aracy. Apura a escuta e deduz que ela fala no telefone, algo sobre os danos irreversíveis de fungos nas unhas dos pés. Ele cobre o rosto com o travesseiro, mas é impossível conciliar o prazer do lento despertar às imagens descritas por Aracy. Levanta-se e deixa o quarto.

— E depois a unha descola todinha da pele, e se ficar uma parte tem que extrair na faca. Dói na hora, depois lateja. Tratamento não funciona, quer dizer, só às vezes, raramente, e é caro. E se o fungo chegar na raiz da unha pode passar para a corrente sanguínea. Aí já viu.

Joel senta-se na poltrona coberta pela canga. Encarando Aracy.

— Já viu, minha filha, já viu. O que acontece? Eu sei lá. Não sou médica. Não sou podóloga. Nem manicure eu sou. Mas já viu. O jornalista? Acabou de acordar. Isso — Aracy tapa o bocal do telefone. — Minha amiga Fátima está lhe desejando bom dia — diz. — Ele disse bom dia para você também. Nós já combinamos de jantar o bobó de camarão feito por Rômulo. Quero ver se um dia vamos até a praça. Melhor esperar os casos baixarem. Já encontraram a vacina, mas eu quero ver é a vacina encontrar o Brasil. Nem me fale. Muito conversei com Glória a respeito. "Esse presidente é um vagabundo, mas agora não adianta reclamar. Povo tem que aprender a votar em vez de aprender a bater panela", ela dizia. "Povo tem que acreditar no futuro", eu revidava. "E aprender a ver o copo meio cheio. Essa bateção de panela traz negatividade para nosso governante." Burra que fui. Tenho que desligar. O jornalista quer falar comigo.

— Bom dia — diz Aracy para Joel.

— Madrugou hoje.

— O vazamento na minha sala piorou. O vizinho de cima prometeu consertar, está com dificuldade para encontrar mão de obra devido à pandemia. Por que a cara feia? Você por acaso paga as minhas contas para dizer o que eu devo fazer? Você por acaso paga as *suas* contas?

Sua avó Aparecida ligou para me contar do jantar com o namorado sommelier. Era desses restaurantes de muito ingrediente em prato pequeno, propício a longas descrições. Deixei o telefone na mesa e fui estender a roupa no varal. Quando voltei ela estava nos detalhes da sobremesa. Eu como fora raramente. Gasta-se um dinheirão e a comida é ruim. Quando Cláudia era pequena, nós íamos aos sábados no Garota da Tijuca. Pedíamos a pizza brotinho. Ela comia com os pés balançando, e chutando de leve a minha canela. Eu dizia para ela segurar direito o garfo. Para ela parar de bater os pés. Para ela fechar a boca. "Você acha que eu faço tudo errado", ela dizia. "De modo algum", eu respondia. "Só estou te ajudando a fazer tudo de um jeito melhor." "Pois foi exatamente o que eu disse. Mas o meu namorado (Cláudia tinha um namorado imaginário, chamado Loyola Davis) acha que eu faço tudo certo."

Lembranças.

Falando em namoro, eu contei sobre o namoro de mamãe? Demorou, mas não foi por falta de opção. Apareceu o dono de uma oficina, que ela recusou não por causa das unhas escuras, mas porque a oficina era antiga e o homem usava dentadura. Apareceu um vendedor de cortinas. Esquisito. Apareceu um bancário, de olho no apartamento. Um dia eu cheguei da escola e Salim estava na sala.

Moreno e calvo, com terno cheirando a naftalina. Terno de quem mantinha as esperanças. Salim era desses homens que confundem decência com sisudez. Dono de uma loja de ferragens na Mem de Sá. "Proprietário", repetiu minha mãe de noite, sentada na beira da minha cama. Casar-se com o dono de algo era reverter o destino. Nós estávamos aos poucos diluindo o que nos definia. O dinheiro enviado por meu avô era contado. Atrás de Salim sentado na cadeira de treliça com a palha desfeita, tomando o cafezinho na xícara lascada, estava a parede com o contorno do relógio vendido para Pedro consertar os dentes. O homem circunspecto, cheirando esquisito no terno antiquado, era um plano de previdência com tudo o que mamãe precisava. Conta no banco, loja no Centro e só mais uns quinze anos de vida. Salim também estava satisfeito. Era homem simples. Ele só queria comida fresca, não morrer sozinho e poder apalpar um bumbum.

Isso também aconteceu: Esmeralda havia morrido. Dois meses antes do casamento de mamãe com Salim, ela não apareceu aqui em casa com o jornal fedendo a cecê.

— Minha amiga está atrasada... — disse mamãe.

Deve ter morrido, eu pensei, ciente da minha maldade e desejando em maldade maior que ela de fato estivesse morta. E meu desejo nessa única vez se realizou. Enquanto mamãe reparava a ausência, Esmeralda morria, os ossos machucando o quase nada restante de carne no atrito com o chão de tacos da quitinete. Teve isquemia e caiu junto à pilha de jornais velhos. Gritou por socorro, mas os vizinhos saíram para trabalhar, de noite ligaram a tv, de madrugada ela estava sem voz. No domingo seguinte, quando Esmeralda já estava coberta por terra na ala dos pobres do Caju, eu e mamãe fomos na quitinete cuidar dos pertences, e o vizinho, ainda apavorado (morava só e temia morrer igual), comentou ter ouvido de madrugada um chamado rouco, creditado a espíritos. Acendeu uma vela, rezou dez ave-marias e voltou a dormir.

Eu até hoje imagino Esmeralda morrendo. A cena me vem num momento de distração, quando estou dobrando a roupa ou varrendo a sala. É como se a minha mente dissesse: calendário está livre, vou colocar aqui um tormento. Chega Esmeralda, pequenina e ossuda, caída no chão da cozinha, puxando com esforço e direito as últimas lufadas de ar para dentro dos pulmões, como se dissesse, é a única coisa que me resta, esse ar derradeiro de casa cheirando a saco de aspirador, e o que me resta eu reivindico, a cada respiro. Morreu ao lado da pilha de tragédias do jornal. Uma vida consumida por elas, e a morte de acordo, na companhia das mesmas. O acaso também tem narrativas.

Tive pena. Tenho pena. E raiva de quem fez Esmeralda seca (perdeu os pais na gripe espanhola, passou a infância sentindo frio num orfanato em Teresópolis). E pena das pessoas secas que fizeram Esmeralda seca, e raiva das pessoas secas, que fizeram as pessoas secas. E pena.

Naquela altura o calendário de Nossa Senhora da Penha tinha dado lugar a um pequeno oratório com a imagem da santa, onde mamãe acendia uma vela relembrando a si e aos céus a promessa da vida a dois. Eu também adorava. Um anúncio de revista, página dupla colorida, com cinco aeromoças sorridentes de minissaia e sapato alto, indicando com mãos cobertas por luvas brancas a porta de entrada de um avião. Preguei no meu quarto acima da cama, onde está agora o pôster com a foto da Cláudia.

E assim nós seguíamos. Eu e mamãe, parecidas mas nem tanto, em nossos movimentos diários, calculados, rumo ao que gostaríamos de ser.

Duas semanas antes do casamento, acordo com o dia clareando. Sentada na beira da minha cama, mamãe me olha com pavor, ombros curvados aprofundando as saboneteiras, a alça da camisola caída no braço.

— Sonhei com Esmeralda. Estava ao lado da Nossa Senhora numa sala com anjos lembrando a todos da minha promessa. A sala era gafieira e tribunal. Esmeralda apontou-me o dedo, "Esta mulher prometeu subir de joelhos as escadarias da igreja da Penha caso conseguisse marido". Os anjos interromperam contrariados a dança para me olhar. Nossa Senhora deixou de assistir para me olhar. Suei de vergonha, o suor evaporou, condensando-se em mil gotas de culpa que caíram sobre mim. A chuva escura fecundou o medo e a insegurança, que se expandiram para cima como caules de uma trepadeira com espinhos, e se conectaram por baixo como raiz. Eu me vi presa, pelo que havia fecundado, e pelas raízes, que eram de onde eu tinha vindo, e que estavam lá muito antes de eu ser. Maria da Glória — ela disse —, eu não consigo subir de joelhos as escadarias da igreja da Penha.

Por escolha e arrogância ela havia se tornado matrona. Mamãe provinha de uma linhagem de mulheres com movimentos limitados pelo preconceito do trabalho manual. Depois da morte de papai, ela precisou dispensar a empregada. Apareceu outra. Da minha idade, creio eu. Andava pela casa como um passarinho assustado, corpo sambando no uniforme da empregada anterior. Trabalhava por comida. Numa noite, tive insônia. Pedi um copo de leite para mamãe. "Peça para a Maria", ela disse. Atravessei a cozinha rumo ao quartinho dos fundos. Empurrei a porta. No colchão encostado à parede, Maria dormia encolhida, a mão direita protegendo uma batata com pernas de palito. O quarto abafado cheirava a trabalho e a corpo limpo sem sabão.

Encabulei, mas se minha mãe havia me dito para fazer era porque era o certo. Pedi o leite. Maria sentou-se no colchão e esfregou os olhos. Levantou-se e foi para a cozinha. Usou um banco para alcançar o gabinete com o copo. Serviu-me o leite numa bandeja. Estendi o braço. Eu estava exercendo um direito, que me pareceu errado, e percebi que era a minha percepção sobre o direito que estava errada num mundo engessado anterior a mim. Pensei em dizer a ela que tínhamos o mesmo nome. Fiquei calada. Ela também, nunca disse uma palavra. Minto. A batata com pernas de palito ela chamava de Lilica.

Tudo isso para dizer que, após a morte de papai, mamãe se entregou a um ócio destrutivo. Deus havia lhe dado um corpo, Deus lhe trazia a decadência do corpo. Restava-lhe aceitar, torcendo para que o tempo lhe fosse gentil enquanto buscava marido. Eis que Salim aparece, com amor sincero e loja no Centro, em milagre pedido e concedido, embora com preço a se pagar com promessa. Mas subir de joelhos as escadarias da Penha, ela já não podia.

— Então não suba — disse a ela.

Mamãe afastou o corpo.

— Eu preciso subir.

Amanhecia. A luz avançava, clareando e modificando o azul da cortina. Espreguicei-me. Eu acordava aos poucos, a vigília me tomando como maré, apagando os vestígios de um sonho com viagens e nuvens, cidades distantes, aviões.

— Se eu não subir — ela continuou — serei castigada.

O terror nos olhos dela. E eu entendi minha mãe. Não como eu gostaria que fosse para poder admirá-la. Eu entendi as limitações. Naquela manhã, nós vínhamos de lugares opostos. Ela chegava na minha cama após ser mobilizada por uma trepadeira de tormentos, eu vinha de sonhos nas alturas passados entre continentes. Ela se limitava à certeza de um destino trágico, eu queria uma vida melhor.

Tudo isso se dava enquanto o dia começava a clarear. Sempre gostei dessa hora. A luz vai mudando devagarinho, e como a maioria das pessoas está dormindo o momento parece feito só para mim. Mas mamãe era incapaz de perceber. Era também incapaz de se permitir a alegria de um pensamento bom na antecipação da visita noturna de Salim, ele entrando pela porta com a quentinha de esfirras, dizendo que as esfirras feitas pela avó eram muito melhores, mas ela havia morrido junto com os outros na guerra. Mamãe não se permitia o descanso e o prazer de sonhar com anos tranquilos e contas pagas. A companhia. A descoberta. Mamãe não via nada disso. Ela só via a trepadeira.

— Eu subo as escadarias de joelhos para você — disse.

29.

Cabelo armado, batom escuro, sombra nos olhos, vestido branco e brinco dourado, pulseiras de aro, unhas vermelhas, sandálias de salto, perfume, loção e creme, sacola térmica, pirex com bobó e chiuauas. É Aracy em dobro que Joel vê quando abre a porta, e um pouco de Aracy a se aderir à bochecha dele, quando os dois trocam beijos e os rostos colados misturam suores. Ela deixa o pirex na cozinha e solta os chiuauas no pátio, volta para a sala altiva, vaidade acesa pelos demais acessórios. Procede com o comentário habitual dos encontros de fim de ano.

— Hoje o calor está demais — ela diz, descolando a frente do vestido do corpo.

O ar morno das noites de verão exacerba os aromas dos cosméticos e perfumes em Aracy, que se misturam aos de Glória, ainda impregnados no apartamento. Os cheiros das duas se unem num perfume maior, que Joel guardará em seus últimos anos como sendo de muitas camadas, o cheiro curtido e denso, macio e doce, simples e forte das mulheres que conheceu.

É 31 de dezembro. Na TV uma cantora de minivestido dourado e botas brancas domina o palco. Pelas janelas abertas chegam ruídos esparsos de confraternizações tímidas. Aracy tira da sacola térmica duas taças e uma caixa alinhada, tira da caixa uma champanhe francesa.

— Rômulo ganhou num jogo de pôquer com um fiscal da Receita.

Joel diz que vai tomar guaraná. Se ele não se importasse, Aracy diz, ela iria beber. Ele se oferece para abrir a garrafa. Pressiona a rolha e serve para ela na taça.

— Cristal Bohemia. Rômulo ganhou num jogo de pôquer com o sobrinho do Getúlio. Os figurões se vão e os bens terminam onde menos se espera. Por falar nisso, estou para te perguntar: que fim levou o quadro de marina? Glória adorava aquela pintura.

— Glória doou em vida. Para um rapaz feirante, vendedor de laranjas. A mulher dele precisava do dinheiro para fazer uma operação. E para pagar umas quantas dívidas. Ele veio outro dia buscar.

Aracy balança a cabeça devagar, olhando a parede sem o quadro.

— Como era boa, essa minha amiga. Generosa.

Aracy prova a champanhe e faz careta, o líquido tinha envelhecido e estava com gosto de talco molhado. Perto e longe o espocar de rojões aterroriza os chiuauas, agora espremidos e tremendo entre o sofá e as canelas de Aracy.

— Melhor ficarem por aqui. Pode cair rojão no pátio. Fim de ano, tudo quanto é carioca vira o pior tipo de pirotécnico, que é pirotécnico bêbado.

Joel se levanta para fechar a porta que dá para o pátio. Para cima e até o quadrado de céu, as janelas iluminadas são como os olhos abertos e felizes dos apartamentos. Perto dali um homem termina de contar uma história e o grupo gargalha. O ano que passou foi horrível, o próximo não parece que será melhor. E no entanto.

Ele volta para o sofá. Na tela, a mulher de botas brancas canta e dança. De vez em quando Aracy consulta o relógio de pulso.

— Vou esquentar o bobó — diz. Levanta-se e segue até a cozinha, chiuauas atrás.

Na TV a mulher corre para um lado e para outro, abaixa, levanta e estende os braços, como se tentasse com o corpo preencher a tela. Mas Joel está vendo Matilde, de novo e pela primeira vez, na sobreloja do prédio da Presidente Vargas onde funcionava a redação do *Luta Democrática*. Pequena, morena e intensa, o corpo muito magro num vestido amarelo folgado, carregando nos braços um gato inerte. Uma gemada com baunilha de mulher, perguntando a ele onde ficava o escritório de taxidermia. Joel apontou a porta à direita, de onde pendia a cabeça de um cocker spaniel empalhada, orelhas douradas balançando pelo vento de um ventilador de quina. "Mas é claro, como não percebi", ela disse, constrangida, inadequada, e Joel sentiu um imenso afeto por essa imperfeição.

— Já, já o bobó sai do forno — diz Aracy.

Eles jantam em silêncio. Aracy pergunta se ele quer tabasco. "Para apurar o gosto", ela diz. Joel agradece e recusa. Não há gosto a ser apurado. O bobó tem sabor de freezer.

— Rômulo escolhia os camarões a dedo em Pedra de Guaratiba. Saía de casa na noite anterior, no carro emprestado do amigo. Cinco da manhã estava negociando com os pescadores. Demorava uma porção de tempo para voltar por causa do engarrafamento.

Ele e Matilde, daria errado, Joel assume, virando o copo de guaraná. Oito gatos numa quitinete. Sol da tarde estacionando no apartamento, queimando planta, piso, sofá. Os cigarros baratos e fedorentos dela. Despedidas consecutivas das namoradas que ele tinha dificuldade em deixar. Matilde costurando doze horas. Joel em três empregos. As horas do expediente dela diferentes das horas dele. Quando ela mencionava a infância em Alagoas passava no rosto uma sombra. E no entanto.

Ela fez os lençóis pequeninos. Ele comprou berço de vime em loja de Copacabana. No dia do atropelamento, Matilde estava com o vestido branco de renda. O preferido, parece até que havia se arrumado para a ocasião. Boa costureira, mas nela tudo ficava grande. Dava a impressão de ser ela a encolher na hora de se lavar, em vez da roupa. Era de manhã. Eles tinham acabado de fazer as pazes.

— ... ele não era um marido convencional. Mas quem quiser convenção que vá ao Riocentro. Muita mulher por aí, com marido batendo ponto de nove às seis, trinta anos no mesmo emprego, não foi feliz como eu — diz Aracy.

Joel faz as contas, mais uma vez. O filho com Matilde teria cinquenta anos.

Aracy se levanta para fazer um café.

— Rômulo tomava café todas as noites. Dormia como um anjo — ela diz da cozinha. — Quisera eu ver meu companheiro no caixão com o mesmo rosto tranquilo com que dormia a meu lado.

É esse primeiro encontro com Matilde abraçada ao gato que mais dói.

— Eu trabalhava na secretaria de uma escola. Tentei emplacar Rômulo como professor de educação física.

A quitinete no Balança mas Não Cai era menor do que a sala onde ele está agora. Quando queria ficar sozinho, Joel inclinava o corpo pela janela aberta.

— Desconfiaram do diploma. Disse a Rômulo para imprimir num papel melhor. Por um tempo ele foi personal trainer. Dava aulas no gramadão da Quinta da Boa Vista.

O mais difícil foi se desfazer dos sapatos pequeninos e delicados. Matilde era uma miniatura de mulher. Joel dizia, "Você é o meu patuá. Devia te colocar no meu chaveiro, para dar sorte".

Joel e Aracy tiram a mesa e lavam a louça em silêncio. Voltam para a sala. No sofá Aracy aninha os chiuauas no colo. Na poltrona Joel ajeita uma almofada nas costas. De frente para a TV, eles aguardam em silêncio a contagem regressiva para o próximo ano. Faltando poucos minutos Joel se levanta e senta ao lado de Aracy.

30.

Mas esse povo só não faz cocô no meu pátio porque a bunda não passa pela grade. Tá lá, outro pacote vazio de biscoitos. Agora, se não sabem usar um lixo, vão saber votar? Se eu soubesse quem era, faria escândalo, mas depois sou eu a sem educação. Como na semana passada, quando comprei um pacote de café. Cheguei em casa, abri e voaram sobre mim uns mosquitos. Foi um susto que quase tirou minha vida. Voltei ao mercado para reclamar com a mocinha do atendimento. Ela avaliou o pacote, perguntou onde estavam os bichos. "No mundo", expliquei. "Voaram." "Senhora, sem os bichos não há provas de dano", ela disse.

Já denunciei vários casos para o Leandro. Ele, sempre muito atarefado, demora para retornar minhas ligações. Dessa vez avisei a mocinha sobre meu irmão. Jornalista famoso, vem morar comigo enquanto se recupera de um tumor na perna. "Ficará a par", disse a ela. "Vai querer lhe entrevistar da cadeira de rodas." Consegui no mesmo instante um pacote novo. Isso, vou dizer, cansa.

Sua avó Aparecida não parece cansada. Parece esquisita. Ela tem contatos em Botafogo, e se fizer outra plástica terá problemas para fechar os olhos. Já eu, se quiser me livrar do rosto murcho, só ficando de cabeça para baixo. Você está rindo? A sua hora vai chegar.

Mas vamos adiante. O que vem não é bom, mas distrai.

Quinta-feira, 25 de abril de 1968. Dia de Nossa Senhora da Penha. Início de outono no Rio de Janeiro, mas sabe como é. No Rio o outono chega quando dá vontade, e nesse ano atrasou. O outono da quebra de temperatura, das folhas cor de cobre das amendoeiras cobrindo as calçadas de pedra portuguesa, das praias vazias devido ao vento na pele sensível dos cariocas, ainda estava por vir. Estava quente, de fazer as pessoas dizerem, "Virgem, me poupe", antes das oito da manhã.

Mamãe foi comigo à igreja. Para apoio e como testemunha, queria resolver de uma vez por todas a pendência com a Virgem. O santuário estava lotado. A igrejinha no topo do morro parece exclusiva e descolada do resto, monumento inacessível, e no entanto é o oposto. No topo do morro, metade do Rio vê a igreja da Penha, e como carioca tem sempre uma agonia (a cidade não ajuda), para ela se viram na hora do sufoco. A santa poderosa ouve e resolve. E dá naquilo, montão de gente apinhada para agradecer.

Meu filho, era um tal de vendedor de salsichão, santinho e medalha, de bolo, biscoito e de bala, de estalinho e brinquedo. Quando penso no início desse dia, eu me lembro das bandeirinhas coloridas e da algazarra, dos cheiros de incenso, de vela e pipoca. Um cheiro vivo, de gente, de festa e de fé.

Era bonito. Mas a escadaria, não. A escadaria era cinza.

Chegava de longe a batida ritmada do ensaio de uma escola de samba, um esquindô gostoso, adornado pelo vozeirão de um sambista e pelos agudos de um coro de mulheres no refrão. Sabe quando a cidade explode num terreiro de samba, a gente ouve de longe e pensa na música como o coração do bairro, pulsando? Então. Povo sendo feliz ali perto apesar de tudo. Avaliei o percurso.

Trezentos e oitenta e dois degraus. A serem percorridos por estes joelhinhos amados por mim.

Fui para o canto da escadaria. Um homem apareceu do meu lado. Rosto jovem e marcado, de quem se habituou a sofrer. Sobre o ombro direito, uma cruz de madeira. Essa cruz era maior do que eu de braços para cima. Sou pequenina, mas para ser tamanho de cruz a ser carregada me torno um disparate. O homem se ajoelhou e começou a subir. Duas mulheres apareceram, ajoelharam-se e tocaram adiante.

Eu permanecia imóvel. Sem olhar para o lado, para evitar mamãe vendo em mim a salvação. E eu por acaso nasci para salvar alguém? Não consegui salvar nem a mim do que me fiz de errado, nem do que o mundo me fez. Também não salvei a Cláudia, e não seria o meu sofrimento a salvar mamãe. Mas ela acreditava, e eu amava minha mãe.

O quarto penitente chegou, ajoelhou e subiu como se estivesse passando por uma roleta de ônibus. Estava começando a parecer fácil. Eu me ajoelhei e avancei um degrau. Não era fácil.

São várias, meu filho, as dores de um penitente. É pele se esfolando no roçar com o cimento, cartilagem e osso do joelho batendo no degrau, tudo quanto é nervo e músculo das costas doídos pela tensão. E as queimaduras, porque o sol batendo a pino fez de cada degrau uma frigideira. Eu só sei que tudo quanto é dor se misturou, nem dava para saber onde e por que doía. Eu só sentia, e chorava e suava, e... Mas, meu filho, que cara é essa? Fique tranquilo.

Sou dona de casa, quer dizer que ao menos sou dona de algo. Condomínio e IPTU em dia. Tomo banho com água morna e sem juntar restinho de sabonete. Tenho as minhas colônias, o meu hidratante. Chega a noite, eu vejo novela. Minha amiga mora perto. Estou do lado dos que tiveram sorte.

Subindo a escadaria, veio inteira a cena da morte de papai. Vieram também os anos solitários da minha adolescência, e me pareceram ocos, desperdiçados, como um ovo de Páscoa velho, o chocolate com gosto de cera amarga. Dei para sentir sobre a cabeça uma aura acinzentada de sofrimento, e cá entre nós, eu já estava meio maluca.

A bateria alegre do samba prosseguia. Eu me afastava da música, avançando. Pensei que iria fracassar. Eu iria desmaiar, desistir, morrer. Era uma agonia de fim próximo, agonia pior que o fim. Acho que eu esperava ser interrompida por algo maior e trágico, e no entanto o que se passou foi o oposto. Fiquei apática, ignorei o que meu corpo me dizia.

Meu filho, é como as pessoas se quebram. Deixam de se cuidar. Para prosseguir.

Estou quase no topo. Mamãe, com tempo de subir e paradas para descanso e água, me aguarda de braços abertos. Eu me aproximo olhando para ela, delirando mas nem tanto, vendo nela o meu futuro. Se eu conseguisse, teria começado contagem regressiva. Sou lenta, mas é desimportante, eu já nem sinto. Mais de uma vez durante a subida um penitente afoito me pediu passagem. Aquilo, meu filho, era uma escada rolante de martírios.

Veio uma coceirinha na bochecha. Uma lágrima, seguida por outra. Era um choro estranho e novo, sem emoção, reação do corpo pelas dores do corpo, e só.

Mamãe cada vez mais próxima. O topo da escadaria. Rosto molhado por choro e suor, joelhos queimados e sangrando, costas vermelhas marcadas de sol. Eu vou chegar. O joelho direito toca o penúltimo degrau. Avanço o joelho esquerdo. Só mais um degrau. Um volume quente e felpudo se aproxima do meu ombro e fisga a carne junto à alça do vestido. Viro o rosto, as pestanas tocam uma parede macia e morna.

— É milagre! — grita minha mãe.

É um pombo.

— Minha filha foi abençoada pelo Espírito Santo!

É um pombo cinza.

— Milagre! Milagre! — dizem os outros fiéis.

O pombo cinza cheirava mal. As unhas fincadas na carne machucavam meu ombro. Um líquido morno escorreu pelas minhas costas, sumiu por dentro da alça do vestido. Avancei para o último degrau, cheguei no platô e desmaiei.

31.

Ele deveria ter visto os sinais. Aracy apareceu com o computador, e depois com sacola, chiuauas e vaso de antúrio, descrevendo as complicações com o vazamento no teto. Ele deveria ter desconfiado, quando ela mencionou bombeiro ocupado.

— As pessoas estão passando muito tempo em casa — Aracy explicou. — Usando demais os banheiros. Tudo velho, ninguém tem dinheiro para reforma. Então sobrecarrega, entope, os canos quebram. Tem que esperar o bombeiro vir. O vizinho garantiu ter marcado hora com a mocinha atendente. Para a semana. Para a outra semana. Virá com certeza no fim do mês.

Fim do mês chegou e se foi, Joel perguntou quando Aracy ia embora. Ela disse que breve, colocando ração na vasilha dos chiuauas. Xampu novo no banheiro, revista *Coquetel* na mesa de centro. Quando Joel se deu conta, foi como descobrir traição de mulher que vai longe.

— Você está insinuando que eu tenho que deixar o apartamento da minha melhor amiga? Que muito frequentei para ajudar na criação da Cláudia? Você tem coragem de me proibir de ocupar um quarto vazio com cama sem uso e espaço no armário?

E se ele insistia em saber, a título de humilhação, ela não se faria de rogada:

— Gastei, sim. Todas as parcas economias, para enterrar Rômulo em caixão bom. Como eu ia adivinhar que teríamos pandemia? Que o Rio iria afundar? Ainda mais? Ninguém sai de casa. Ninguém compra anel. Brinco incomoda o elástico da máscara. Tudo o que pude eu vendi. A cama de mogno. O conjunto de chá de mamãe. Meu celular, e isso foi como cortar um dedo. As roupas de grife de Rômulo, inclusive as cuecas importadas de Miami, valiosas pelo R e o L de Ralph Lauren (Rômulo dizia serem o R e o L de Rômulo Lindo). Mesmo essas consegui repassar. E muito tentei. Investi no boca a boca, sobre meus dons de taróloga. Sobrevivi comendo gelatina velha de fundo de armário, lata de sardinha fora da validade. Um sacrifício, botar ração na boca dos meus chiuauas. Agora, consegui evitar o despejo? Deu-se o pior. Sou eu e meus cachorros sozinhos no mundo. E do meu lado, um velho esparramado no apartamento de minha amiga. O que você quer que eu faça? Diga lá, o que quer que eu faça?

Voltar a Iguaba, Joel quer dizer. Virar-se na busca de um canto para morar. Ele quer dizer que não suporta a voz dela e o cheiro dos cachorros, a toalha de rosto molhada por uma estranha, os fios de cabelo no chão do banheiro, o requeijão baixando de volume no pote sem ter sido ele a comer. Joel não suportava dividir com Aracy o apartamento "dele", não suportava — e era essa a verdade — conviver com alguém. Mas nenhum dos sólidos motivos prestaria como argumento, e Joel reage da única forma conhecida, e que consiste em chacoalhar objetos próximos a título de intimidação. Escolhe a cadeira em frente e a arrasta pelo chão satisfeito com o ruído sobre os tacos, levanta-a para jogá-la vinte centímetros adiante. Corrobora a ação com um tapa estrondoso na mesa. Aracy deixou a sala, e ele escuta a porta do quarto dela se fechar. Joel senta com dificuldade, a mão latejando pelo tapa na mesa, e se sente realizado, e um pouco ridículo.

Você quer saber o que aconteceu depois de eu cumprir a promessa para minha mãe. Olhe em volta, meu filho. Veja se coisas acontecem nesse apartamento. Se tem porta-retratos com foto minha na praia e na neve. Se tem roupa alinhada no armário ou gaveta com maquiagem francesa. Teria sido bom escolher de uma paleta de sombras, do verde-claro ao lilás, passando pela gama de azuis. Nos anos 1980 as pessoas coloriam o rosto, usavam blazer cor de gemada, dava gosto se arrumar. Do mundo eu só tenho uns postais de Foz do Iguaçu e uma coleção de chaveiros, sua avó quando viaja tem pouca imaginação. Desliza a mala pelo chão de granito da sala e me liga em seguida, querendo saber quando pode vir. Aparecida gosta de me ver. Aprecia a minha cara de tacho enquanto me atormenta com foto mal tirada. Gosta de me entregar pacotinho, ressaltando lembrança afetiva. Sei. Pensou que queria me ver pensando que não viajo, vendo as fotos em que ela viaja. De que me adianta, eu nem consigo apreciar o castelo, nem consigo ver fonte, sua avó está sempre na frente, obstruindo. Magra nunca foi. Gosto da sua avó. Chaveiros são úteis, prendem chaves, e seriam de imensa serventia se eu tivesse mais do que uma porta para abrir. É uma delicadeza, dela comigo. Trazer uma lembrancinha, para eu lembrar que foi ela quem viajou.

O que aconteceu, meu filho, foi que eu não fui, eu não fiz, eu não vi. Não fui aeromoça. Não fiz faculdade. Não viajei. Ano entrando e saindo, eu fiz empadão. Sou especialista em empadão. A economia do país melhorava, empadão ganhava azeitona. Piorava, eu engrossava o recheio com maisena, disfarçava o pouco de carne com ervilha. Reclamavam, "Dona Glória, o empadão tá massudo". Eu dizia, "Ervilha tem fibra, come que é vegetal". Crosta dourada por cima do empadão, em bons tempos era gema pura de ovo, nos maus era gema com borra de café. Dava mesmo para fazer a evolução da economia do Brasil de acordo com a qualidade dos meus empadões. Eu usava margarina na massa, e muita massa, durante os governos Sarney e Collor. Itamar presidente, era empadão com massa de manteiga e camarão graúdo em cama de catupiry. Mesmo quando reclamava a clientela comprava no automático. Acho inclusive que nos tempos brabos de empadão bate-entope o povo aprovava. Era um fastio que a pessoa sentia já depois da terceira garfada. Empanturrava, o murundu só descia com água. Deveras econômico. Quem desconfiava me ouvia dizer, "Margarina? Jamais! Na minha cozinha só entra ingrediente de primeira. É manteiga, e da boa. Da boa!". Não me orgulho mas tinha que me virar. No grito tudo parece verdade. Pois então. Abri muita massa na bancada, imaginando outra Glória no avião aterrissando em Beijing ou Dacar.

Mamãe se casou com Salim e foram morar no sobrado com a loja de ferramentas no térreo. Viveram juntos por oito anos, num estado agradável de contentamento. Era tudo o que desejava. Então se pôs caprichosa, planejou uma semana de férias na serra Gaúcha. Saiu elegante para jantar com Salim e sofreu aneurisma. Começo a imaginar, e vejo Salim impotente diante dos últimos segundos da única mulher que amou.

Salim se deprimiu. Era esquisito, mas esquisitos somos todos, e os esquisitos também amam. Morreu em seguida, deixando tudo para as três irmãs que — mamãe me disse durante o noivado — mantiveram-se solteiras para preservar a herança dos pais. A herança não se diluiu em terceiros, mas em cartelas de bingo. Gastaram uma dinheirama nesse vício de gente de bem. Três mulheres, insaciáveis. De vez em quando ganhavam radinho de pilha ou ventilador. Morreram na bancarrota.

Matei uma porção de pessoas nesse último minuto. Tive que matar. Hoje só me resta Aracy. E o Leandro, mas esse se casou com o jornal e tem a mulher como amante.

Depois de pagar a promessa e subir a escadaria, desmaiei. Acordei no hospital. O pombo xexelento de marquise havia me passado histoplasmose. Eu tremia de febre, meu corpo se encharcava de suor, o suor secava, a febre voltava, eu tremia e me encharcava de suor. Quando tentava me virar na cama, o corpo doía, os curativos dos joelhos roçavam o lençol. Não ligava. Queria ficar na cama, quietinha e entregue. Queria morrer.

Joel pausa a fita. Ela sabe, ele pensa. Aperta o play.
… Meu filho, as pessoas resistem enquanto o poço não tem fundo. Quando tem, elas se entregam. No fundo do poço nem a dor importa. Do chão nada cai. Esse vazio era uma forma de ser feliz.

A única forma possível, pensa Joel.
Às vezes e por acaso, eu me lembrava dos planos para ser aeromoça. Tão distantes, tão… ridículos.

Depois da porta do quarto, o mundo me assustava.

Mas deu-se o contrário, como você pode bem ver. Malditos antibióticos. Eu me recuperei, aos poucos e de má vontade, inteirando-me do dia da semana, sendo informada sobre a visita matinal de Aracy, percebendo as flores frescas enviadas todos os dias por Salim. Ouvindo a enfermeira lamentar a coragem do filho marchando no Centro em passeata pela democracia. No exame de sangue a enfermeira furou o meu braço como se fosse bainha. "Nervosismo", ela explicou. Pedro disse para ela ficar tranquila. "Cem mil pessoas, não será o seu menino a ser preso." Montão de gente atravessando o Centro do Rio em protesto, enquanto eu pensava como seria difícil sair do quarto.

Voltei para casa em roupas largas, joelhos ralados, e com anemia. O país em alvoroço, a ditadura prestes a endurecer, e eu indiferente, braço com os furos e hematomas causados pela aflição de uma mulher com o filho em protesto. A ditadura respingou em todo mundo. Aracy me trazia sopa, lavava a minha roupa. A carta convocando para a prova de aeromoça chegou e ficou na mesa, virou papel velho e foi para o lixo. No mês anterior era tudo o que eu queria. Agora me parecia um desejo infantil.

O médico que cuidou de mim no hospital veio me ver em casa. E só foi embora muitos anos depois. Era Heitor, pai da Cláudia.

Chegamos à parte picante. Não se anime nem se envergonhe, é picante como pimenta em anúncio de revista, se alguém for provar vai sentir gosto de papel. Pois então. Por esta porta, enquanto eu me recuperava, entrava Heitor para me examinar. Um dia, pegou meu pulso para medir a pressão. Não largou. Tentei puxar o braço para onde ele pertencia. Heitor resistiu. Pensei que devia ter algo errado com meus batimentos.

Heitor se aproximou devagar, joelho tocando joelho, joelho pressionando joelho. O joelho dele por cima do meu. Achei estranho. Ele continuava chegando, enquanto eu pensava, acode, socorro, ele vem feito onda. Heitor se avolumou por cima de mim, eu pressionei as costas na almofada. Ele parecia maior. Parecia me engolir. Parecia absoluto, e eu por baixo de tanto sumia. Fui tomada por uma energia estática, que era a energia dele avançando sobre mim, me cobrindo e paralisando. A massa e a presença dele me anulavam, eu mal sabia quem era, mas mantive a consciência do meu corpo, e de como meu corpo era menor. Eu, aos dezoito anos e depois da internação, estava mais para desmaios que para rompantes. Sem saber o que eu queria, e se devia querer. Se devia fugir ou negar. O que eu mais senti foi vergonha. Eu não sabia o que fazer durante o ato. Nem quem ele era eu sabia. Médico, disse a mim. Ele é médico. Anos depois eu me dei conta: como eu poderia sentir vergonha de fazer errado se só ele fazia?

Foi o que podia ter sido. Na minha ignorância e confusão eu tinha entendido que ser mulher era me tornar disponível para Heitor. Ele era um homem, ele era um médico, me cobrindo e anulando. Eu não precisava me manifestar, ele faria por mim. Heitor gemia, e tive orgulho e prazer de sumir. Eu era útil.

Ah, mas era só o que me faltava. Um rapaz desse tamanho, encabulado. Você veio para me conhecer. Então. Virgem nessa casa só o azeite, e olhe lá. Às vezes eles batizam com óleo. Eu teria que estar na quinta em Portugal, tirando azeitona do pé, vendo as frutas sendo pressionadas, líquido entrando na garrafinha, para ter certeza de que é honesto. Nem o azeite se salva, uma existência marcada pelo engabelo. Esse encontro eu lhe conto com detalhes porque é importante: pegue essa primeira vez, multiplique por dez e aí está um resumo do meu relacionamento com Heitor.

Agora você já sabe o começo. Você conhece o fim. Tem o meio, sempre mais complicado. A gente olha o meio da vida e estranha, queria que fosse diferente. Mas atura porque o ar entra e sai do pulmão, passa o dia e a pessoa não morre dormindo, é só doravante.

Então. Eu tinha o resto da vida em branco, como calendário querendo evento. Heitor passava pela manhã antes de ir para o hospital, tomava um cafezinho. Eu preenchia o calendário: pela manhã, fazer café para Heitor. Duas noites por semana, eu cozinhava e limpava a casa. Eu me arrumava e esperava Heitor. Ele entrava por esta porta de jaleco e maleta. Cheirava a hospital, mistura de éter com antibiótico, de álcool e iodo. Tirava o jaleco, me dava um beijo. Um homem, eu pensava. Meu duas noites por semana. Meu. Ele gostava da minha comida e de ver comigo o noticiário, o que ele fazia de modo espraiado, após ligar para a mulher lamentando outra noite difícil. "O plantão vai ser longo", ele dizia, descrevendo a fratura exposta. Contava bem e com autoridade, na voz clara e tranquila de médico experiente. Um talento natural, aplicado à medicina e ao cinismo. Mesmo eu, vendo Heitor de cueca, tinha pena do paciente inventado. Do outro lado da linha, Dirce implorava para ele parar. Ele prosseguia com a calma de um professor, detalhando a costura de uma orelha. Dirce berrava.

— Ela tem pânico de sangue. Nem carne do açougue Dirce consegue limpar. Chego do hospital e ela diz, "Me poupe das suas histórias com intestino aberto, eu quero jantar com apetite e dormir bem".

Heitor me contava. Sobre os pacientes que abria, e sobre os que já chegavam abertos. Gostava de tudo no lugar. Dedo amputado ele costurava, osso fora da perna ele punha de volta. Eu ouvia, como boa aluna e por despeito. Para mim ele podia contar. Anos depois eu entendi. Era o som da própria voz e uma ouvinte atenta que faziam de Heitor mais Heitor. Que alimentavam a heitoriedade de Heitor. Depois de falar, calava-se com igual empenho. Saía para fumar no pátio.

Da sala eu observava. O contorno de um homem solitário, fazendo hora para chegar em casa com a mulher já dormindo, que acordaria pela manhã e teria o aval da pressa justificando a breve interação familiar, e teria no dia seguinte uma emergência real ou imaginada para estender a distância entre os dois.

32.

— Precisa passar protetor solar — diz Aracy, entregando o tubo para Joel.

— Dispenso essas frescuras.

— É melhor ser fresco e ter pele no rosto do que durão sem um naco da bochecha. Pode dar câncer, o sol está forte.

Joel aperta o tubo de protetor solar e besunta as bochechas e a testa.

— Está faltando o queixo.

Ele passa de novo as duas mãos no rosto, até deixá-lo branco de creme.

— Se pegar nos olhos vai começar a arder.

— Eu sei o que estou fazendo.

É maio. Eles estão vacinados, e pela primeira vez desde o início da pandemia vão sair de casa para um passeio além da volta no bloco e da ida ao mercado. Joel veste uma das duas calças de tergal e a camisa bege de mangas curtas sem o maço de cigarros pesando no bolso direito. Ele fez a barba, e passou na nuca o perfume Paco Rabanne fora da validade que sobreviveu às várias mudanças. Rosto liso e perfumado, Joel se olha no espelho e deseja se achar bonito. É estranho e agradável notar a tênue mistura de nervosismo e insegurança reconhecida por ele na imagem refletida, e que lhe dá o conforto de ainda haver autoestima, e o desejo de ser aceito pelo entorno.

Agora ele está na sala, devolvendo o protetor solar para Aracy. O telefone toca, Aracy atende, diz, "Vinagre e sal, vinagre e sal".

— Para a cor da camisa se manter. Isso. Lava primeiro com vinagre ou sal e um pouquinho de sabão em pó. Para a cor da camisa se manter. Pois é. Vinagre, sim. Sal depois. Vinagre e sal. Pois foi isso mesmo que eu disse.

Ele caminha em torno da mesa de jantar. É seguido pelos chiuauas.

— Medida é difícil, eu faço no olho. O sal é um punhado, o vinagre, umas duas esguichadas. Aí você lava. Vinagre e sal.

Joel contou dez voltas.

— Vinagre — ela diz, antes de desligar. — Vou pegar minha bolsa e colocar os sapatos.

— Por que você está demorando?

Aracy encara Joel, o conga suspenso na altura do peito.

— Porque eu tenho dois pés. Então, depois de colocar o sapato em um eu preciso repetir o procedimento com o outro.

No hall vazio, eles aguardam o elevador. Um ex-repórter de polícia. Uma vendedora de bijuterias. Dois chiuauas grisalhos.

— Tá bonito, seu Joel — diz Rodnei, quando eles chegam na portaria.

— Estou em prisão condicional. Ganhei o direito de ir em algum lugar além do mercado.

— Nós vamos até a pracinha Xavier de Brito — diz Aracy.

— Tá com os olhos vermelhos, seu Joel. É conjuntivite?

— Eu avisei — diz Aracy.

— Meus olhos estão bem.

Aracy abre a bolsa, pega um lenço e entrega para Joel, que seca as lágrimas dos olhos irritados. Ele ainda tem dificuldade para descer os degraus até a rua. Rodnei apoia um dos braços de Joel sobre o ombro. O outro braço está apoiado sobre o ombro de Aracy.

— Agora virei espantalho.

— É só para descer as escadas. Mas se continuar com essa cara feia vai mesmo assustar os outros.

— A minha perna está doendo.

— Anda que passa.

— Para você tudo passa.

— Tudo passa. Menos ônibus quando a gente precisa.

É uma manhã de outono, com céu azul e temperatura invisível, ao passar despercebida pelas pessoas. Não há frio, calor ou umidade. Os galhos e as folhas das árvores nas calçadas balançam levemente, carros parecem planar ao passarem silenciosos pela rua. No pátio de uma creche as crianças procedem com a encantadora algazarra dos recreios. É o mundo de antes e de sempre, e no entanto nesta manhã parece ressaltar apenas o seu melhor, como um rosto bem maquiado de mulher.

Um passo depois do outro, hesitantes. Ele havia se desacostumado a andar tanto. "Você consegue", diz Aracy, segurando a mão de Joel. É uma imagem cativante. A senhora paciente e energética segurando a mão do velho curvado e medroso arrastando os pés. Os jovens passando pelos dois se veem cobiçando esse retalho de futuro, o momento real e simbólico, de ter na velhice alguém em quem se apoiar.

A praça Xavier de Brito fica perto. Quando chegam, Joel está cansado e precisa se sentar. Eles escolhem um banco sob uma das árvores centenárias com galhos contornados por cipós verde-escuros. As quatro entradas nas diagonais da praça levam até uma fonte de pedra com um chafariz suspenso por anjos. Do banco os dois escutam o cair delicado da água. A intensidade do sol é contida pela copa das árvores, dando ao parque uma luz agradável. Seis estudantes imitam em sincronia os lentos movimentos de um professor de tai chi chuan. Mães e babás passam com carrinhos, e há o constante chiar do atrito do aço das correntes dos balanços com crianças.

Joel olha fixo para a entrada do parque à direita. E consegue se ver atravessando a rua de mãos dadas com a mãe, desvencilhando-se dela ao chegar no parque, correndo pelo caminho de cascalho até os balanços. Preocupando-se tão somente em clamar um balanço desocupado.

As mulheres conversam, os pássaros nas copas das árvores sobrepõem trinados. Do outro lado do parque, charretes coloridas aguardam a chegada de passageiros e, assim como os balanços, parecem as mesmas de quando ele era criança. Anos depois, ele havia trazido a filha ao parque. Joel se lembra de vê-la correndo até os balanços. E do contato da mão com as costelas aparentes, ao alçar a filha para andar de charrete.

— Todos os anos eu trazia a Cláudia no dia do aniversário para andar de charrete — diz Aracy.

Ele pensa que deveria ser um direito viver sem sustos. A vida como simples reposição das crianças no balanço por outras, de novo e de novo. Ele evita pensar no tanto que sabe e viveu. Mas isto lhe vem à mente: uma entrevista que fez com um intelectual, quando cobria as férias de um repórter de cultura. Um homem de óculos em cadeira de couro, numa sala repleta de livros. O homem disse algo sobre as histórias só existirem enquanto os livros são lidos.

Para ele, era o contrário.

Joel só existia quando contava uma história.

— Uma vez a Cláudia estava passando pela frente dos balanços e não reparou que um menino vinha no embalo — diz

Aracy. — Levou um chute na bochecha e caiu desnorteada no chão. Glória correu para abraçar a filha. A sola da sandália do menino foi se formando aos poucos no rosto dela, numa marca vermelha. Eu penso em tudo o que Glória fez pela filha, em como as duas se amavam, e como Cláudia terminou. E sempre me vem essa imagem das duas ali, abraçadas.

33.

Aracy é pessoa limitada. Até pouco tempo, ela achava que rio afluente era o que tinha as casas dos ricos nas margens. Com docas, ela achava. Para os iates. Constelação para ela vinha da palavra "constar". "Constam no céu as estrelas", explicou. Mas é amiga leal. Muito me ajudou quando a Cláudia era pequenina e também depois, quando a menina acordou um dia com a pá virada e assim ficou por nem sei quantos anos. Adolescência é uma espécie de pileque com azia. Cláudia tinha os cabelos longos, eu fazia meio rabo para ela ir à escola. Um dia ela disse, "Está horroroso". Passou a sair de casa como náufraga, o cabelo solto e largado. Na hora de comer, era a cabeleira encostando no prato. "Existe um pântano entre você e o picadinho", disse. Cláudia nem aí. "É nojento", disse. As pontas dos fios encostavam na sopa. "Prende o cabelo, prende o cabelo, prende o cabelo." Adiantou? Cortei a mesada. Cláudia veio comer de cabelo preso e sem roupa. "Fiz rabo de cavalo, está satisfeita?", ela disse, enrolada na toalha.

Sabe que não era para Cláudia existir. Heitor queria que

eu tirasse. Foi o que ele disse para eu fazer da primeira vez que engravidei.

— Você não tem condições de criar um filho sozinha — ele disse.

— Mas você é contra o aborto.

E neste sofá, Heitor fez voz de médico sábio.

— Há casos e casos e há exceções. Eu tenho um amigo. Isso é coisa rápida, você entra de manhã e sai de tarde, andando.

Respondi que iria pensar. Ele me disse para pensar rápido. Na mesma noite eu contei para a Aracy. Ela me abraçou.

— Vou ser madrinha! Vou te ajudar a fazer o enxoval!

— Pera aí — disse a ela, me desvencilhando do abraço. Contei o resto.

— Mas, Glória, você sempre quis ser mãe — ela disse.

— Eu não tenho condições de criar um filho sozinha.

A clínica ficava numa casa bonita de Botafogo. E de fato foi como Heitor disse, só um instante. Mas que instante, meu filho. Camisolão, calcanhares embutidos na estrutura de metal, pernas escancaradas. Não existe posição mais vulnerável que a de um ser humano numa mesa ginecológica. A cabeça do homem entre os meus joelhos, ele dizendo que faria um procedimento. Procedendo. Um sei lá o quê entrou no meu corpo, eu senti uma dor inédita e muito... particular. Aquele homem estava caçando a minha alma a fórceps. Ele estava parindo meu coração. Pensei na inocência do meu útero, até então protegido e guardado sob camadas de carne e gordura. E me consolei, como se eu fosse a minha própria criança. Amorzinho, por incrível que pareça, a vida vai continuar depois disso.

Apaguei. Abri os olhos, eu estava num quarto. Junto à cama, uma enfermeira. Virei o rosto para a janela de cortinas fechadas. Ela pegou na minha mão.

— Eu vou poder ter filhos? — perguntei.

— Quantos quiser — ela disse.

No carro eu me ajeitei no banco do carona. Tinha a impressão de que meu útero era uma casca de ovo, capaz de se quebrar num movimento brusco. Carros e prédios, pessoas e casas, árvores e lojas passavam. A indiferença do mundo me pareceu brutal. Sinal fechava, Heitor batucava no volante. Pensei em Aracy. Imaginei que ela estaria no guichê da escola, falando com a mãe de um aluno. Mais um pouco ela chegaria em casa.

Depois do túnel disse a Heitor que precisava parar no mercado.

— Mercado?

— Casas da Banha, esquina da Conde de Bonfim.

— Você não está em condições de ir ao mercado — ele disse.

— Eu estou ótima.

— Mas para que você quer ir ao mercado?

— Ora bolas, Heitor, para que as pessoas vão ao mercado? As pessoas vão ao mercado, Heitor, para comprar mantimentos. Como pessoa que sou, eu vou ao mercado comprar mantimentos, que são, e isso eu lhe digo por cortesia, duas latas de milho.

Eu estava aprendendo a falar como os cariocas, num tom elevado, belicoso, com a energia intensa e fugaz e uma lógica de fogo de palha, que se acendia e queimava em cada frase. Falava com autoridade e no limiar do grito, deixando claro que o importante não era ser ouvida, mas convencer os outros da minha verdade.

— Maria da Glória, você acabou de passar por um procedimento.

— Aborto.

— Você acabou de passar por um procedimento.

— Aborto.

— Para que você quer duas latas de milho?

— Eu quero duas latas de milho, Heitor, para comer o milho. O milho que está dentro das latas. De milho.

— Você não está em condições de cozinhar.

— Nós vamos parar no mercado. Você vai estacionar em frente. Eu vou entrar e pegar uma cestinha. Vou andar até o corredor 5 e pegar duas latas de milho. Vou fazer frango com creme de leite e milho verde para o jantar, e sem o milho verde, Heitor, é impossível fazer frango com creme de leite *e* milho verde para o jantar.

Ele se calou. Uma cólica profunda se alastrava em meu ventre. Entre as pernas um Modess do tamanho de um tijolo, encharcado. Além da cólica, eu estava enjoada, e com as pernas fracas. Eu estava destruída e sabia, e no entanto, durante a volta da clínica, saindo da luminosa e sofisticada Zona Sul para a minha Tijuca urbana e simples, eu me vi satisfeita, ao me dar conta de que minha raiva era capaz de coibir Heitor. A grosseria era a revanche.

Eu era assim de pequena. Precisando arrastar os pés por um mercado cheio, desviar dos carrinhos para alcançar no alto de uma prateleira duas latas de milho e sentir que de posse delas eu exercia algum controle sobre a minha vida. Poderia ser inclusive a inscrição da minha lápide: Aqui jaz Maria da Glória, que fez o que bem entendeu, com duas latas de milho.

Minhas latas. Paguei por elas. Entrei no carro. Em casa eu tomei um banho, assei um frango, fiz o prato que quis. Eu me sentei à mesa e me forcei a comer. Eu me disse que não era tão ruim. Eu tratei o que sentia como um capricho.

Eu me achava tão pouco.

Eu nem sequer me achava digna de sentir tanta dor.

Dois anos depois aconteceu de novo. Eu engravidei. Heitor disse que ia resolver.

— Já resolvi — disse a ele. — Eu vou ter o bebê.

— Mas isso não é possível.

— Se o mundo está povoado é porque é possível.

Heitor me olhou de um jeito que era como se eu estivesse tendo o bebê naquele instante.

— Você não pode fazer isso comigo.

— Vou pintar o quarto de amarelo.

— O que é que te deu, Maria da Glória?

— Vontade.

Então ele começou a andar de um lado para outro, e parecia ser ele a ter o bebê naquele instante.

Sabe que mulher está acostumada a se desesperar. Mas homem não tem muita cancha. Homem não tem noção. Em matéria de escândalo, Heitor era neófito. Andava de um lado para outro, para a frente e para trás, como se lhe tivessem extraído um Norte do interior das costelas. O homem feito bússola desgovernada por esta sala, dizendo, aliás, berrando, que eu não tinha por ele a menor consideração.

— Sabe o que é, Maria da Glória, o estresse que eu enfrento na emergência do hospital? Você não sabe, Maria da Glória. Vou explicar: a cidade está vivendo uma guerra civil. Você fica nessa bolha vendo televisão, mas eu estou nas trincheiras, eu vejo e pego pesado. Escreva o que eu lhe digo, os anos 1980 vão entrar para a história como os mais sanguinários do Rio de Janeiro. Não houve, e não haverá, anos mais violentos que esses. É grupo de extermínio, traficante e policial, todo mundo matando e sendo morto, e os que sobrevivem baixam na emergência estraçalhados. Uns homens que já nem se parecem com gente, mas se está respirando tento salvar. Homem não, menino. De penugem no rosto, um atrás do outro, você não sabe. Essa semana, veio um com tiro de metralhadora na boca. O dentista pediu as contas. Vinte anos ele tinha de emergência, mas dessa vez arregou. Você sabe qual é o problema de dente, Maria da Glória, sabe qual é?

Você não sabe, vou explicar. O problema de dente é que não é um problema. São trinta e dois problemas. Tudo triturado, e eu ali, extraindo raiz com alicate.

— E o que é que eu tenho a ver com esse dentista? Não sou responsável pela paz no Rio. Já seria de bom tamanho ter paz na minha sala.

— Você vai destruir a minha vida.

— Vou destruir é a minha buceta, Heitor. Eu quero parto normal.

— Você não tem condições de criar uma criança sozinha. Você não pode fazer isso comigo, é uma irresponsabilidade.

Deu-se então algo extraordinário. Nem sei explicar. Acho que sei. Cabelos embranquecendo. Primeiras rugas. Saber que os três filhos de Heitor cresciam perto dali. Eu estava amadurecendo, e dizer a Heitor que eu queria ter um filho foi como aprender a falar, e ouvir pela primeira vez a minha voz. O que eu dizia a Heitor se fazia claro também para mim, era o certo, e me fazia segura. Pela primeira vez tive plena consciência de quem eu era e do que queria.

O homem se debatia. Chegava perto, e era um chuveiro de saliva por cima de mim. Eu me dei conta de que o desespero era dele e não meu. E que eu podia ler o jornal que estava sobre a mesa. Peguei o jornal. Ele berrou. Cruzei as pernas. Ele berrou. A razão me guiando. Heitor tentando tirar a cueca pela cabeça. Eu folheando o primeiro caderno. "Irresponsável! Inconsequente!", ele gritava. Eu pensando, que interessante, eu sei o que ele está fazendo. Ele dizendo que era homem digno, que exercia trabalho por amor ao próximo. Eu lendo as notícias, "Governador do Rio disse que vai faltar água", é melhor encher a banheira para se acaso precise para a louça.

Era cena de se colocar no horário nobre da TV, para distrair os brasileiros com a desgraça dos outros. Só foi pior no dia em que eu soube que Cláudia tinha morrido. Meus gritos saíram por estas janelas como arpões, cortei o coração de meio mundo. Vizinho tudo quietinho, desligaram a TV e o rádio para ouvir. Aracy, depois eu soube, frigideira em punho e rosto grudado na porta, pronta para o ataque caso a coisa ficasse violenta e ela tivesse que vir me salvar. Eu, já no meio do primeiro caderno do jornal. Jogo do bicho ia ser coibido. Inflação ia subir. Dívida externa.

Quando se cansou, Heitor saiu, passou rente a Aracy e bateu a porta num estrondo.

A figa no batente balançava. Dobrei o jornal e deixei na mesa.

Eu tinha acabado de inventar o feminismo. Que era a minha voz e o meu desejo, e as minhas possibilidades, que eram poucas mas eram. O meu feminismo, como um desenho que só eu podia fazer, uma receita que teria exatamente o meu tempero. Sozinha na sala, eu me senti parte de algo maior, ao me dar conta da injustiça da invenção, porque, naquele momento, e antes, e depois, outras mulheres que viviam para dentro dessas janelas vistas do pátio, em torno da pracinha Xavier de Brito e da Afonso Pena, no corredor de prédios da Conde de Bonfim e além, nos mercados, pontos de ônibus e nas feiras, todas essas mulheres tinham inventado, estavam inventando ou iriam inventar o feminismo. E me pareceu errada a perda de tempo e de energia, a perda de vida, mesmo, numa invenção que se dava de novo e de novo, e ainda mais errado ser esse o final feliz, porque tantas outras, a maioria, eu me dei conta, passariam pelo mundo sem saber dessa voz, ou com uma vaga noção de que existia, mas sem poder experimentá-la, como um bem.

Não é a coisa mais triste que pode acontecer a uma pessoa?

...

Fique tranquilo. Eu estou bem. Só senti por um instante uma fraqueza. Você pode me trazer um copo de água? E o saleiro, para eu colocar um tico embaixo da língua. Obrigada. Você sabe como a minha filha morreu. Tenho certeza de que Aparecida lhe contou em detalhes. Sua avó, me perdoe a franqueza, gosta de se saber por cima da carne-seca. Se bem a conheço, sentiu muita pena de mim enquanto agradecia por não ter acontecido com ela. Pois então. Uns dias antes de morrer, Cláudia veio me visitar. Ela sempre foi pequenina. De salto bem alto mal chegava a um metro e sessenta. Usava umas roupas que pareciam emprestadas da Barbie. Mesmo assim era um mulherão. Testa grande, voz firme e boa de ouvir. Cláudia tinha presença e passava segurança, sabia ocupar espaço na mente das pessoas. Nesse dia ela estava toda menor. Mais magra e com os olhos pedindo ajuda. Com voz bem fraca e fininha ela me disse que estava grávida.

Eu abri um sorriso. No mesmo instante o meu futuro mudou para melhor. Tantas coisas boas iriam acontecer, eu nem sabia em qual pensar. Acompanhar a Cláudia no ultrassom, comprar as roupinhas, preparar o quarto com berço, ver uma neta correndo por este pátio.

— Eu vou tirar — ela disse.

— Você não pode fazer isso.

— Você não entende — ela disse.

— *Você* não entende — eu disse. — Eu tive coragem de ter você em tempos muito piores e com menos recursos. Com tudo quanto era vizinho e pai e mãe dos teus coleguinhas da escola me julgando como mãe solteira. Você tem dinheiro e educação, Cláudia, minha filha, você tem um companheiro.

— Você não entende — ela repetiu.

E só depois, quando era impossível dizer a ela, eu entendi que era a voz dela, que ela estava ainda aprendendo a usar.

Eu não ouvi.

Eu não aceitei.

34.

Caminhar com os chiuauas pelo quarteirão é quase agradável. Quando um deles se demora num canteiro com terra seca, Joel puxa a coleira, as patinhas deslizando pelo cimento. Passa um cachorro grande e os chiuauas rosnam, Joel manda eles se calarem. Ele gosta de exercer essa íntima autoridade, e de impor medo e respeito. Os cachorros procediam com gotículas de xixi a cada dois metros, um hábito que ele aprendeu a respeitar. Claro que jamais limparia os cocozinhos, e se algum passante mostrasse desgosto, paciência. Joel não era homem de se rebaixar.

Nesta manhã, ele caminha até a copiadora com um pen drive. Sai de lá com um maço de folhas impressas. Sacola na mão direita, coleiras na esquerda, Joel sorri para os vizinhos que reconhece. Olha sem interesse a vitrine de um brechó a poucos metros do prédio. Na portaria combina com Rodnei um jogo de gamão para depois do almoço. Pega o elevador, abre a porta do apartamento, a figa sobre a porta balança.

Eliane está de pé, segurando um copo de água.

— Você está com uma cara ótima — ela diz para Joel.

— Você também — ele responde.

Ela havia emagrecido. Joel percebe os sulcos na bochecha, os cabelos ralos. Joel senta no sofá, e deixa a sacola com o maço de folhas impressas na mesa de centro. Os chiuauas correm para o pátio, e do pátio surge uma menina correndo, cachorros atrás. A menina escala a poltrona coberta com a canga.

— Cuidado para não esgarçar a canga — Joel diz.

De pé e com sapatos na poltrona, a menina pula. Os cachorros se juntam a ela. Da cozinha surge Aracy com um pacote de cream-crackers.

— Da próxima vez a tia compra um biscoito recheado — ela diz.

Oferece para a menina, que permanece pulando e rindo. Os cachorros latem e apoiam as patas nas perninhas dela. Joel diz que a menina tem que tirar os sapatos.

— Tati, você tem que tirar os sapatos — diz Eliane.

— Para não esgarçar a canga — diz Joel.

Aracy deixa o pacote de cream-crackers na mesa. Os chiuauas latem. Eliane se abaixa junto aos pés da menina.

— A bisa vai tirar seus sapatos — ela diz.

Uma bisneta. Joel estuda a menina em busca de algo que seja dele.

— Calados, calados! Eles não mordem — diz Aracy, chiuauas mordendo as mãozinhas da menina, menina puxando o cotoco do rabo de um chiuaua.

— Vão engolir um mindinho da garota — diz Joel.

— Letícia e Bernardo são dóceis — diz Aracy.

A menina começa a chorar.

— Eu avisei — diz Joel.

— Ele está sempre implicando com os meus cachorros — Aracy se queixa com Eliane.

Eliane pega a menina no colo. Aracy tranca os chiuauas no

pátio, some no corredor, volta com o estojo da Hello Kitty e um caderno usado, dá para a menina desenhar. Ela se deita de bruços no chão, cotovelo sobre o caderno aberto, caneta rosa na mão.

— Você sumiu — Joel diz para Eliane.

— Fui internada. Quase morri da gripezinha. Você poderia ter ligado.

— Eu estava ocupado.

— Joel escreve muito do home office — diz Aracy.

Eles trocam histórias de confinamento. Falam dos hospitais lotados, da falta de oxigênio, da vacina superfaturada, das valas dos cemitérios escavadas às pressas.

— É uma princesa — diz a menina, mostrando o desenho para Eliane.

Joel olha a menina, querendo encontrar semelhanças.

— A garota está com quantos anos?

— Vai fazer três.

Ela termina outro desenho e se levanta para entregar a Eliane. Espreme o corpinho contra o corpo da bisavó e olha Joel desconfiada. Ele se percebe feliz, por toda a vida que ela teria pela frente.

Tarde da noite Joel volta para a sala. Despertos pela presença, os chiuauas rosnam por uns segundos e voltam a dormir. Joel tira da sacola o maço de folhas impressas que está na mesa de centro e abre o estojo da Hello Kitty. Sentado na cadeira coberta pela canga, segurando uma caneta lilás e ouvindo ao longe o ressonar de Aracy, Joel se sente um homem completo. Abre a tampa da caneta e escreve na primeira página do maço:

A AEROMOÇA QUE NUNCA DECOLOU

Risca o título e tenta outro:

A FILHA DO SENHOR DO LUSTRE

Rasura e escreve embaixo:

GLÓRIA

Agradecimentos

Meus agradecimentos a todos os premiados e espetaculares repórteres cariocas que generosamente dividiram suas memórias comigo. Bruno Thys, meu editor-chefe no jornal *Extra* e hoje colega romancista; Jorge Antonio Barros (@reporterdecrime nas redes), autor do excelente blog Quarentena News; Joaquim Ferreira dos Santos, cronista e guardião da memória afetiva do Rio; Antonio Werneck, que tudo sabe sobre Rio de Janeiro e Guimarães Rosa.

Tive também o privilégio de ter longas conversas com Pinheiro Junior, chefe de reportagem do jornal *Ultima Hora* nos anos 1960, e Luarlindo Ernesto, essa instituição do jornalismo carioca, há setenta anos nas redações do Rio.

Agradeço também a Luciana Villas-Boas, Anna Luiza Cardoso e Rodrigo Teixeira. A Vanessa Ferrari e Odyr Bernardi.

Na Companhia das Letras, agradeço a todos que não conheço e que contribuíram para que este livro chegasse aos leitores. E a Luara França, Marina Munhoz, Márcia Copola, Angela das Neves, Ingrid Romão, Otavio Costa, Luciana Borges, Fernando

Rinaldi, Maria Neves, Giovanna Caleiro, Tomoe Moroizumi, Mariana Figueiredo e Max Santos.

Luiz Schwarcz, obrigada.

1ª EDIÇÃO [2023] 2 reimpressões

ESTA OBRA FOI COMPOSTA POR VANESSA LIMA EM ELECTRA E
IMPRESSA PELA GRÁFICA SANTA MARTA EM OFSETE SOBRE PAPEL PÓLEN SOFT DA
SUZANO S.A. PARA A EDITORA SCHWARCZ EM JUNHO DE 2023

A marca FSC® é a garantia de que a madeira utilizada na fabricação do papel deste livro provém de florestas que foram gerenciadas de maneira ambientalmente correta, socialmente justa e economicamente viável, além de outras fontes de origem controlada.